KB234917

누군가 부족하다

누군가가 부족하다

초판1쇄 발행 2013년 7월 15일

펴낸이 정광진

지은이 미야시타 나츠

옮긴이 김지연

펴낸곳 (주)봄풀출판

인쇄 예림

제책 바다

신고번호 제406-2010-000089호

신고년월일 2009년 1월 6일

주소 413-756 경기도 파주시 교하읍 문발로 115 세종출판벤처타운 304호

전화 031-955-5071~2

팩스 031-955-5073

이메일 spring_grass@nate.com

ISBN 978-89-93677-54-6 03830

책값은 뒤표지에 있습니다.

잘못된 책은 바꾸어 드립니다.

누군가가 부족하다

미야시타 나츠 지음 | 김지연 옮김

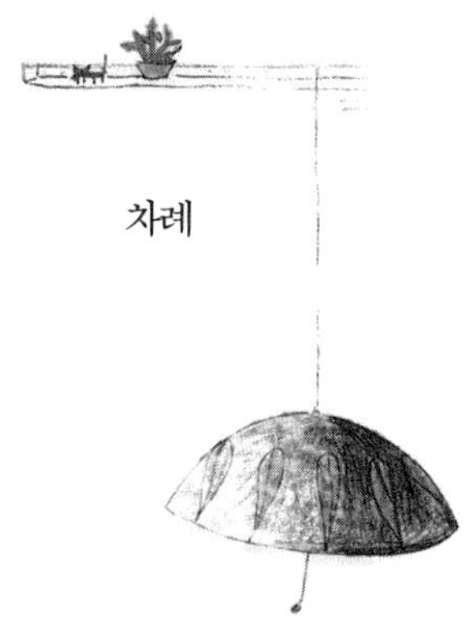

차례

프롤로그

구운 벽돌로 지어진 오래된 건물은 이미 짙은 쥐색으로 변해 버렸고, 전에는 분명 붉은색이었을 지붕도 온통 담쟁이 넝쿨로 뒤덮여 있었다.

무거운 나무문을 열자 "어서 오십시오" 하는 따뜻한 목소리가 들려온다. 가게 안쪽에서 나온 여주인의 웃는 얼굴에 안심하며, 비로소 나는 내가 긴장하고 있음을 깨달았다.

잘 닦여진 마루를 따라 가게 안으로 걸어간다. 작은 레스토랑은 구석구석까지 손님을 위해 배려되어 있고, 눈에 들어오는 모든 것이 친근하다. 처음 왔는데도 내내 그리웠던 느낌이 든다. 이

곳에 오고 싶었다.

식당 이름은 하라이.

테이블에 앉아 메뉴판을 펼친다. 수프는 세 종류. 전채도 세 종류. 전부 맛있어 보이지만 아직 배가 많이 고프지는 않다. 오후 5시 47분. 약속 시간까지 10분 이상 남았다.

메뉴판에서 고개를 들어 가만히 실내를 둘러본다. 주방에서 기분 좋은 소리가 들리고, 여주인은 활기차게 테이블 사이를 오간다.

시간이 이른 탓인지 아직 자리는 많이 비어 있다. 예약 손님이 많은 곳이니 곧 자리는 다 차겠지. 시끌벅적한 웃음이 넘쳐날 식당을 상상하는 것만으로도 즐겁다.

하지만 부자연스러운 공석도 눈에 띈다. 이미 테이블에 앉아 있는 사람 앞자리가 비어 있는 곳들이다. 예약 손님이 분명한데 일행이 오지 않은 것이다. 조금 늦는 것이라면 다행이련만…….

누군가가 부족하다.

가엾다는 생각이 든다. 오지 못한 누군가가, 그리고 오지 않은 사람을 기다리는 그 누군가가.

어쩌면 나도 그 둘 중 하나일 것이다. 약속시간인 6시가 되어도 내 앞에 아무도 나타나지 않을지도 모른다.

문득 이상한 생각이 고개를 든다.

누군가가 부족하다. 언제부터인지 나도 모르게 그런 생각을 하고 있었던 듯하다. 그게 누구인지는 모르겠다. 분명 아는 사람인 누군가가, 아직 만난 적이 없는 누군가가…….

누굴까? 언제쯤 만날 수 있을까? 모르겠다. 누군가를 내내 기다리고 있다는 것만은 분명한데.

부족한 것은, 어쩌면, 나! 나는 언젠가의 나를 되찾고 싶은 게 아닐까? 혹은 아직 제대로 조우하지 못한 나 자신과 새롭게 만나고 싶은 것은 아닐까?

조용한 음악이 흘러나오고 있다. 무슨 곡일까? 음, 홀스트의 〈행성〉. 그렇다, 그 중에서도 '수성'이다.

눈을 감고 잠시 음악에 집중한다. 곡이 너무 짧다. 가만히 숨을 내쉰다.

나는, 여기에 있다. 부족한 것은, 내가 아니다.

예약 1

그녀는 언제나 노란색 신호가 켜질 무렵에 찾아온다. 북적북적 붐비던 레스토랑에 손님이 끊길 무렵, 쉬지 않고 오믈렛을 굽던 손이 저려오고, 눈앞이 노래지기 시작할 무렵에.

호텔 2층에 있는 뷔페 레스토랑은 주방이 오픈되어 있다. 파스타면 파스타, 스테이크면 스테이크, 디저트면 디저트, 주방 카운터 앞에 손님들이 줄을 서서 음식 만드는 과정을 직접 보고, 갓 나온 요리를 원하는 만큼 담아 먹는 방식이다. 사실, 처음엔 그런 시스템이었으나 지금은 그렇게 진행되지 못하고 있다.

생각했던 것보다 몇 배나 많은 손님들이 몰려드는 바람에 음식이 나오는 족족 눈 깜짝할 사이에 사라져 버린다. 근처에 대형 아울렛이 생긴 탓이다. 아울렛 안에도 레스토랑이 있지만 맛도 없고 비싼데다가 늘 붐벼서 긴 줄이 생긴다고 한다. 그곳 외에는 딱히 밥 먹을 만한 곳이 없어 우리 가게로 손님들이 모여들고 있다. 가게가 잘 되는 게 나쁜 일은 아니지만, 현장에서 일하는 입장에선 꼭 그렇지만도 않다.

오믈렛이라면 오믈렛. 그 오믈렛 담당이 바로 나다. 설거지 담당과 재료 준비 담당을 거쳐 간신히 힘들게 올라온 자리. 제대로 된 오믈렛은 아무나 만들 수 있는 게 아니다. 달걀을 조심조심 깨 빙글빙글 휘저은 다음, 프라이팬의 온도를 잘 가늠해 주루룩 부어 넣는다. 익어갈 무렵 크게 한두 번 섞어주고, 그 다음엔 손목을 이용해 프라이팬을 흔들다가 결정적인 순간 내용물을 탁 뒤집는다. 폭신폭신하고 말캉말캉한 오믈렛 완성이다. 재빨리 우아하게 나눠서 접시에 담는다.

사실은 이런 과정을 거쳐야 하리라. 하지만 잇따라 몰려드는 손님들 때문에 굽고, 굽고, 또 굽고, 나누고, 나누고, 또 나누고. 오믈렛이 오믈렛으로 보이지 않게 되고, 오믈렛이란 게 뭐였더라 하고 고개를 갸우뚱하고 싶어진다. 안구가 한 곳에 고정되어

급기야는 철판 위의 노란색 덩어리밖에 눈에 들어오지 않게 되고, 왁자지껄한 주변의 소음도 멀리서 파도가 밀려드는 소리처럼 들린다. 이윽고 노란색 덩어리가 뻣뻣해지기 시작하면 바로 노란색 신호다. 달걀의 노란색이 신호등의 노란색으로 보이게 되는 것이다.

처음 그녀를 보았을 때 그 노란색이 문득 녹색으로 변하는 것 같은 기분이 들었다. 내가 생각해도 이상했다. 나는 뜨거운 프라이팬 앞에서 몇 번이나 눈을 깜빡이며 녹색의 정체를 확인하려 했다. 하지만 눈을 비비고 다시 본 그녀는 딱히 별난 데 없는 평범한 미인이었다. 입고 있는 옷도 흰빛이 도는 셔츠에 감색 스커트로, 녹색은 무엇 하나 걸치고 있지 않았다.

화사하고 이마가 넓어서 똑똑해 보이는 얼굴, 밤색의 긴 머리칼을 하나로 묶고 있었다. 아마도 나이는 나보다 많은 이십대 후반 정도? 녹색은 어디에도 없었음에도 나는 그녀에게서 녹색을 느꼈다. 위험을 알리는 주의 신호에서, 순식간에 시야가 열리며 앞으로 전진해도 좋다고 말하는 신호처럼.

오믈렛 키친 카운터에 줄 서 있는 그녀, 내 손의 주걱에서 오믈렛을 접시에 받는 그녀, 걸어가는 그녀, 자리에 앉는 그녀. 아무래도 그녀는 혼자 온 것 같았다. 이렇게 붐비는 레스토랑에 혼자 와서 식사를 하는 것은 흔치 않은 일인데. 혼자 오는 것을 그녀는 그다지 신경 쓰지 않는 것 같다. 그런 그녀가 듬직해 보였다. 그런데 왜 녹색으로 보였는지는 끝내 미스터리.

의식하기 시작하자 그때부터 가끔씩 그녀의 모습이 눈에 들어왔다. 대체로 일주일에 한 번, 많을 때는 두세 번 가게에 왔다. 언제나 혼자였다. 접시에 다 올릴 수 없을 만큼 음식을 담는 사람이 대부분인데, 딱 먹을 수 있을 만큼만 담고, 깔끔하게 먹고 밥 한 알도 남기지 않는다. 그것만으로도 내 안의 그녀는 멋대로 존재감이 커져 갔다.

망상이라는 건 알고 있다. 실제로는, 내 자리에서 그녀가 앉은 테이블은 멀리 뒷모습밖에 확인되지 않는다. 접시 위가 얼마나 깨끗한가는 보이지도 않는다. 그래도 나는 손바닥 안을 들여다보듯 훤히 알 수 있다. 그녀는 접시에 담은 음식을 깨끗이 먹는다. 다 먹고 나면 조용히 두 손을 모은다. 잘 먹었습니다. 그 순간 내 가슴은 살짝 떨려온다.

물론 그녀가 손을 모으고 있는 모습 역시 여기서는 볼 수 없다. 하지만 나는 분명히 알 수 있다. 그녀는 분명—

"이봐요, 빨리 오믈렛 만들어줘요."

순서가 된 손님의 까칠한 목소리에 화들짝 놀란다. 의식이 멀리멀리 달아나 있었나 보다. 나는 당황하며 완성된 오믈렛 접시를 내민다.

그녀라면 이런 목소리로 말하지 않을 것이다. 다른 사람을 비난하듯 말하지 않을 것이고 조용히 빙그레 웃으며 맛있게 먹을 것이다.

다 알고 있다. 망상이라는 것을. 그녀가 누구고, 어떤 사람인지 나는 전혀 모르며, 그녀는 나란 존재를 까맣게 모른다. 나 자신도 도대체 그녀의 어디에 이렇게까지 끌리는 건지 알 수가 없다. 그녀가 모습을 보이지 않는 날이 좀 길어지면 '빨리 왔으면 좋겠다, 보고 싶다'는 생각을 하고, 이틀 연속해서 나타난 날이면 '오지 마라, 오지 마라' 하고 빈다. 다음날도 기대하게 될 것 같아서다. 내 생각에는 굳이 이런 가게에 와서 북적이는 인파 속에 섞여 식사를 할 필요가 없다.

'오지 마라, 오지 마라' 하고 빈다. 이런 가게에 오지 마라. 하지만 마음 한편에선 '와라, 와라' 하고 빈다. 왔으면 좋겠다. 많이 먹고 맛있었다는 듯 웃어 주었으면 좋겠다. 아니, 안 된다. 이런 가게에서 급히 만드는 음식이 맛있다니! 정말로 맛있는 요리라면 내가 온갖 솜씨를 발휘해서 만들어 줄 테니까.

아아, 완전히 과대망상증 환자다. 내 본래의 요리 솜씨를 발휘하지 못하는 것에 대한 불만까지 더해져서, 그녀에 대한 망상이 겹겹이 쌓여 가고 있다. 내가 만든다. 그녀가 먹는다. 웃으며 먹는다. 양손을 모은다. 나는 그걸로 완전히 만족한다. 그녀가 손을 흔들며 나간다.

"저기요, 오믈렛 타는 거 아니에요?"

손님에게 지적을 받고 나서야 제정신이 돌아온다. 타지는 않았다. 다만 말캉말캉하고 폭신폭신한 반숙에 가까운 오믈렛은 결코 아니다. 굳이 표현한다면 노란색의 응고된 단백질 덩어리다.

불이 너무 과해서 가장자리가 갈색으로 굳어진 오믈렛은 오믈렛이 아니다. 하지만 그건 내 탓이 아니다. 너무 많은 손님이 한꺼번에 몰려든 게 잘못이다. 하나하나 정성껏 구울 시간이 없으니 미리 구워 철판 위에 올려놓는다. 눈앞에서 빤히 가장 맛있는 순간을 지나 뻣뻣하게 굳어가는 오믈렛을 보고 있으면 위가 쥐어짜듯 아프다. 눈 깊숙한 곳도 아프다. 관자놀이까지 욱신거린다.

그런데 갑자기 아픔이 사르륵 완화되는 것 같은 느낌이 들었다. 그녀가 오믈렛 카운터 쪽으로 걸어오고 있다. 그 모습이 내 시선 속에 들어오자 거짓말처럼 위의 통증도, 눈의 통증도 안개처럼 사라진다. 이런 가게에 자주 올 필요 없는데, 라고 생각하면서도 양 볼의 근육이 풀리는 것은 막을 수 없다. 모처럼 와주었으니 이상한 가짜 달걀부침이 아니라 진짜 맛있는 오믈렛을 만들어 줘야지.

나는 그녀가 줄을 선 것을 확인하고는 딱 한 사람분의 맛있는 오믈렛을 만들기 시작했다. 그녀 차례가 되는 타이밍을 계산해서. 들키면 큰일이지만 분명 아무도 눈치 채지 못할 것이다. 그녀는 기뻐해 주겠지. 아니, 기뻐하지 않을지도 모른다. 자신만을 위해서 구워진 오믈렛이라고는 눈치 채지 못할 것이다. 그래도 좋다. 눈치 채지 못해도 괜찮다. 그저 맛있게 먹어주기만 하면 된다.

그녀의 접시에 폭신폭신한 오믈렛을 올려주고 나자 마치 큰일을 해낸 것 같은 기분이 들었다. 하지만 그녀는 전혀 눈치 채지 못한 것 같다. 자신의 오믈렛만 모양이 다르다는 것도, 내가 지켜보고 있다는 것도, 나의 존재 자체도. 어쩌면 그녀는 이 오믈렛이 맛있다는 것도 눈치 채지 못할지 모른다. 거기까지 생각이 미치자 약간 실망스럽다. 하지만 이내 마음을 고쳐먹는다. 눈치를 못

챈다 해도 맛있는 건 맛있는 거다. 의식하지 못해도 맛있는 만큼 그녀는 더 행복해지리라. 눈치 채지 못해도 그녀가 행복하기만 하다면 그걸로 오케이다.

오믈렛을 받아 든 그녀가 카운터 앞을 떠날 때 나는 사랑의 고백이라도 성사시킨 듯한 기분에 환호작약했다.

기분 좋게 달걀을 깨서 빙글빙글 휘젓고 있을 때였다.

"저기요, 이거."

또 클레임인가 생각하며 고개를 들자 그녀가 내 앞에 서 있었다. 오믈렛 접시를 들고 그녀는 나를 똑바로 쳐다보았다.

"네?"

심장이 크게 요동쳤다. 그녀를 보자 꺼져 있던 노란 신호등이 녹색으로 바뀌는 것 같았다. 그러나 지금 노란 불에서 바뀐 것은 녹색이 아니라 빨간 불이다.

"미안한데, 이거 잘못 만들어졌어요."

그녀가 쑥 내민 접시에는 좀 전 내가 그녀를 위해 특별히 만든 오믈렛이 그대로 있었다.

그녀에게로 시선을 옮겼다. 그 예쁜 얼굴에는 홍조가 약간 있었고 그녀는 쏘아보는 듯한 눈빛으로 나를 바라보았다.

“질퍽질퍽하고 질척거려서 먹을 수가 없어요.”

“아…… 죄송합니다.”

나는 접시째 그것을 받아들고 옆에 쌓인 새 접시에 철판 위의 뻣뻣하게 굳어진 오믈렛을 담는다. 그것을 건네자 그녀는 짧게 “고마워요”라고 말했다.

이 사람은 진짜 오믈렛을 먹어본 적이 없구나.

가벼운 현기증과 같은 충격이 나를 강타하고, 이어서 조용한 잔물결 같은 기쁨을 남겼다. 언젠가 내가 그녀에게 맛있는 오믈렛을 가르쳐 줘야지. 그렇다, 그게 좋겠다. 이것은 올바른 오믈렛으로 가는 하나의 발걸음이다. 지금, 잘못 만들어졌다는 말을 막 들은 올바른 오믈렛의 잔해를 나는 넋 놓고 바라본다. 다른 손님의 재촉하는 목소리에 금방 중단할 수밖에 없있지만.

드디어 런치타임이 끝나고 휴식시간이다. 한 시간인 휴식시간은 이래저래 잡무에 밀려 짧아지고, 점심을 먹은 후 잠시 한숨 돌리고 나면 금방 저녁 재료 준비할 시간이다.

그래도 나는 최대한 빨리 식사를 끝내고 기숙사에 다녀온다. 직장인 호텔에서 걸어서 5분 거리에 있는 기숙사다. 왕복으로 소요되는 10분을 빼고 나면 여유는 별로 없다. 그래도 반드시 돌아가는 건 지친 몸을 눕히고 싶은 마음도 있고, 잠깐이라도 시험공부를 하고 싶기 때문이다.

이제 곧 조리사 시험이 있다. 여기서 일한 지 4년이 됐으니 실무 경험은 충분히 쌓았다. 문제는 필기시험이다. 나는 학과 전반이 다 문제다. 거기다 매일 눈코 뜰 새 없이 바빠서 공부할 시간이 없다. 자투리 시간을 잘 활용해서 정말 열심히 하지 않으면 붙을 수 없을 것 같다. 반면 마음 한구석에는 '떨어져도 괜찮다'는 생각도 있다.

오늘도 기숙사로 돌아가기 위해 레스토랑 뒷문으로 나가려는데, 쓰러질 듯 휘청거리며 직원용 화장실에서 나오는 한 여자와 마주쳤다. 평소라면 모르는 체하고 지나갔겠지만 이번엔 그럴 수 없었다. 바로 그녀였기 때문이다.

그녀는 발길을 멈춘 나를 보더니 고개를 푹 숙이고 지나가려 했다. 물론 내가 누군지 알지도 못할 뿐더러 알고 싶지도 않았을 것이다. 하지만 나는 다르다. 그녀를 알고 싶고, 알고 싶고, 또 알고 싶었다.

"저기……."

나도 모르게 말을 걸었다.

"여기서 일하시나요?"

그녀는 미간을 찌푸리더니 살짝 고개를 흔들었다. 직원용 화장실이긴 하지만 비상계단 옆에 있어서 외부인들도 사용할 수 있었다.

"아니오, 근처 아울렛."

최근에 생긴 그 아울렛이리라.

"여기 레스토랑, 맛있어서 가끔 와요."

"감사합니다. 근데, 맛있었나요? 조금 전 오믈렛?"

그렇게 말하자 그녀는 그제야 눈치 챈 것 같았다.

"아, 그 오믈렛 만든 분! 미안했어요, 아까는."

"아니오, 억지로 먹는 것보다는 그게 나아요. 당신이 맛있게 먹는 모습, 가끔 봤어요."

용기를 내어 말했지만 그녀는 "아하" 하고 살짝 웃는 정도였다. 과연 미인은 여유가 있다.

"많이 먹거든요, 저. 거기서 모든 영양보충을 하고 있어요."

그렇게 말하며 약간 목소리 톤을 낮췄다.

"조금 전 그 오믈렛, 예전에 먹어봤던 오믈렛하고 비슷했어요."

“아아, 그랬어요?”

그런데 맛이 없었다는 건 싫은 추억과 연결되어 있는지도…….

“예전에 할머니가 자주 만들어 주셨어요. 겉은 익었지만 그 안은 반숙이어서 젓가락으로 찌르면 주르륵 무너지면서 달걀이 줄줄 흐르는.”

그것이야말로 엄청 잘 만든 오믈렛 아닌가.

“그리고 달아요. 밥반찬인데 너무 달아서 간장을 뿌려 먹었어요.”

“어느 곳의 향토요리인가요?”

그녀는 고개를 갸우뚱했다.

“모르겠어요. 하지만 달걀이 줄줄 흘렀어요. 조금 전의 오믈렛은 식감은 정말 닮았는데, 달진 않았어요. 그래서 배신감이 들었죠. 미안해요, 말없이 그냥 남기고 가면 그만인걸.”

“아니오”라며 나는 고개를 저었다.

“요리사가 아무리 온갖 솜씨를 발휘해 만들어도 할머니의 오믈렛은 당할 수 없는 거예요. 요리란 원래 그런 건지도 몰라요.”

그리고 마음에 걸리는 것을 물었다.

“안색이 좀 안 좋은 것 같은데, 괜찮아요?”

내 말에 그녀는 갑자기 양손으로 자신의 볼을 눌렀다. 나보다 몇 살 위일 거라고 생각했지만, 이런 모습을 보면 훨씬 어린 것 같기도 하다. 그녀는 그대로 짝짝 자신의 뺨을 두 번 치더니 '괜찮아요'라고 말하듯 크게 고개를 끄덕였다. 그리고 내 시선을 쫓아 화장실 문을 곁눈질로 본다. 화장실에서 토하거나 했던 건 아닐까?

"아아, 여기는……."

그녀는 말하는 중에 어색한 듯 잠시 고개를 숙였다.

"여기, 간이침대가 있잖아요. 그것 좀 잠시 빌리고 싶어서요."

간이침대? 여자 화장실에는 그런 것도 있단 말인가? 남자 화장실에는 없다.

"혹시 아기용?"

"아니오, 그거 아기용 아니에요. 어린이도 편하게 누울 수 있는 사이즈인걸요."

작은 체구라서 그녀도 거기에 누울 수 있단 말인가?

"어디 몸이 안 좋은 거 아니에요?"

그녀는 다시 한 번 고개를 옆으로 흔들었다.

"아니에요. 졸린 것뿐이에요. 이제 괜찮아요."

그렇게 말하며 그녀는 활짝 웃었다.

"그럼, 가볼게요."

"네, 다음에 봐요."

또 먹으러 와주면 좋겠다. 말캉말캉 폭신폭신한 제대로 된 오믈렛보다 뻣뻣한 오믈렛을 좋아한다 해도.

그런데 내가 직원용 문을 통해 나가려 할 때 그녀가 뒤에서 나를 불렀다.

"저기요, 거긴 어디로 연결되어 있나요?"

나는 문을 반쯤 연 채 뒤돌아본다.

"호텔 뒤쪽이요. 느티나무 길 쪽."

"흐음" 하는 소리를 낸 그녀는 뭔가 생각하는 얼굴이었다.

"혹시, 기숙사로 돌아가요?"

"네."

다시 한 번 "흐음" 소리를 내고 난 그녀가 말했다.

"같이 가도 돼요?"

한 치의 망설임도 없이 나는 고개를 끄덕였다. 직원용 문이라고는 하나, 그렇다고 해서 직원이 아닌 사람은 지나가지 말란 법도 없으니까. 난 그렇게 생각했다.

그런데 함께 가자는 것은 직원용 문으로 함께 나가는 것만을 의미하는 게 아니었던 것 같다. 호텔 뒤쪽으로 나가서 기숙사 방향으로 걷자 그녀도 옆에서 따라 걷고 있었다. 걸을 때마다 부드러운 머릿결이 흔들려, 정적인 이미지의 그녀에게서 무언가 약동하는 느낌을 받았다.

"아, 그럼 전 여기서 이만."

꺾어지는 모퉁이를 왼손으로 가리키자 "그럼, 저도⋯⋯" 하며 그녀가 따라온다. 나란히 걷는 것은 기뻤지만 뭔가 이상했다.

"저, 어디까지 가시는 거예요?"

기숙사 앞까지 다 왔을 때 물었다.

"여기까지요."

그녀는 내가 사는 남자 기숙사를 가리킨다. 영문을 알 수 없었다.

"여기 사는 사람 외에는 출입금지예요?"

"아니, 그런 건 아니지만 일단 여성은 출입금지이긴 해요."

"너무 뻔뻔한 말 같지만⋯⋯."

그녀는 잠시 머뭇거렸다.

"괜찮다면 방 좀 구경해도 돼요?"

그녀는 녹아내릴 듯한 웃음을 지어 보였다. 아아, 이 사람은 자신의 미소가 어떤지 잘 알고 있구나 하는 생각이 들었다. 이 웃음으로 부탁하면 내가 거절하지 못할 거라는 것도.

"별로 재미도 없는 방인데……."

라고 말하자 그녀는, 고마워요, 라며 밝게 웃었다. 그녀가 대체 무슨 생각을 하고 있는지 알 수 없었지만, 몰라도 상관없다고 생각했다.

내가 사는 기숙사는 요즘 보기 드물 정도로 오래된 건물인데 공동현관에서 신발을 벗고 들어간다. 1층은 공동부엌과 식당·욕실·세탁기가 있고, 2층과 3층은 개인실로 이루어져 있다. 내가 막 이곳에 입주하게 됐을 때 각 방에 화장실이 생겼다고 들었으니 그 전에는 얼마나 불편했을지 안 봐도 뻔하다.

그녀를 현관에서부터 안내한다. 공용 신발장에 그녀의 작은 검정구두가 놓였을 때는 뭔지 모를 작은 감동에 휩싸였다. 이제 그녀의 목적이 뭐가 되었든 상관없었다.

2층 내 방에 들어가자 그녀는 입구 쪽에 서서 몹시 신기한 듯 주위를 두리번거렸다. "흐음"이라든지 "우와!"라든지 감탄사를 내뱉는 모습은, 예를 들어 종교를 권유한다든지 보험을 팔러 온 사람처럼은 보이지 않았다.

문득 그녀의 시선이 한 곳에 멈춰 섰다. 방 한쪽 구석, 어지럽게 쌓여 있는 책과 잡지들 옆에 있는 목제 선반이었다.

"봐도 돼요?"

그녀가 뒤를 돌아보며 손가락으로 가리켰다.

"네."

"재미없을 텐데요"라고 말할까 말까 잠시 망설였다. 어차피 말하지 않아도 금방 알게 된다. 재밌는 게 없다는 걸, 그리고 내가 재미라고는 전혀 없는 사람이라는 걸. 내 CD, 내 옷, 내 이야기에 사람들은 금방 따분해할 것이다. 즉, 나에게 싫증이 난다는 말이다.

"차 좀 내올까요?"

말을 걸었지만, 그녀는 내게 등을 돌린 채 CD 선반 앞에 쪼그리고 앉았다.

페트병의 물을 전기포트에 넣는다. 여기까진 괜찮다. 하지만 스위치를 눌러 버리면 이제 할 일이 없어진다. 머그컵에 인스턴트 커피나 홍차를 넣고 뜨거운 물을 부으면 끝이다. 이 방에 손님이 찾아온 적이 없기 때문에 방심하고 있었다. 커피도 홍차도 인스턴트밖에 없다는 사실이 조금 창피했다.

"저기요, 이거 틀어 봐도 돼요?"

그녀가 한 장의 CD를 손에 들고 뒤를 돌아보았으나 나는 무조건 고개를 끄덕였다. 어차피 뭘 틀든 상관없었던 것이다.

전기 포트가 끓기 시작함과 동시에 작은 스테레오에서 소리가 흘러나왔다. 홀스트의 〈행성〉.

'목성'인가 했더니 '수성'이다. 놀라서 그녀를 바라본다. 그녀는 가만히 음악에 귀를 기울이고 있어 내 시선을 느끼지 못하는 것 같았다. 홀스트의 〈행성〉은 학교에서도 가르칠 정도로 유명한 곡이다. 그 중 '목성'이 가장 대중적이지만, 그밖에 '화성'이나 '금성'도 많이 알려져 있다. 그녀가 이 곡을 고른 건 우연이니 내 멋대로 운명을 느끼거나 해서는 안 되는 걸까? 그래도 꽤 많은 종류의 CD 중에서 이걸 고르고, 또 그 중에서 특별히 '수성'을 골랐다는 것은 나에게 있어서는 특별한 일이 아닐 수 없다.

"'수성'을 좋아해요?"

라고 묻자 그녀는 말없이 고개를 끄덕였다. 그 입가가 미묘하게 움직인 것 같은 기분이 들어 가만히 응시했다. 따리라 따리라 따리라—. 그녀는 들리지 않을 만큼 작은 소리로 '수성'을 부르고 있었다.

'수성'은 〈행성〉의 다른 장엄한 곡들과 달리 경쾌하고 사랑스러운 곡이었다. 디즈니 영화에 사용돼도 이상하지 않을 정도다. 그 앞부분을 음악에 맞춰 흥얼거리고 있는 것이다.

따—리라 리라리 따리라—.

주의해서 들어보니 그녀는 따라하기 쉬운 메인 선율을 부르고 있는 게 아니었다. 멜로디 위로 갔다가 아래에서 메아리를 치는 등 바쁘게 움직이며 곡을 장식하는, 즉—.

"혹시, 클라예요?"

그녀는 흥얼거리며 눈빛으로 긍정했다. '수성'의 클라리넷 파트를 흥얼대고 있었던 것이다. '클라'라는 단어가 내 입에서 튀어나온 것이 조금 쑥스러웠다. 하지만 그 단어와 그녀의 노래에 이끌리듯 하나의 광경이 눈앞에 되살아났다.

중학교 시절 가을 해질녘, 학교에서 집으로 돌아가는 완만한 언덕길이다. 바람이 불고, 포장도로 옆에서 억새풀이 흔들린다. 취주악부에서 늦게까지 연습을 하고 돌아가는 길이었다. 발밑이 잘 보이지 않을 만큼 어두워진 길을 피곤한 몸으로 걸으며 누가 먼저라 할 것도 없이 노래를 부르기 시작했다. 그간 반복연습을 해온 곡 '수성'. 우리는 각자의 파트를 부르면서 걸어갔다. 평소에는 악기로 합주하는 곡을 목소리로 연주했다. 친구들의 목소리가 악기처럼 합쳐져서 하나의 곡이 되고, 그것이 이윽고 하늘 위 행성에 포개졌다.

그때 올려다본 하늘에 수성이 보였는지 어땠는지는 잘 모르겠다. 하지만 해가 막 진 서쪽 하늘에 반짝 떠오른 그 별을 우리는 수성이라고 믿었다. 그 별의 새하얀 빛을 너무도 오랜만에 떠올렸다.

그녀의 노래에 살그머니 내 목소리를 더해 본다. 아주 짧은 시간이지만 평범한 기숙사 방에 자그마하게 빛나는 수성이 나타난 것 같은 기분이 들었다.

"어린 시절에 이걸 듣고 클라리넷을 시작했어요. 이 곡을 연주하고 싶어서."

그녀를 처음 봤을 때 노란색 신호가 녹색으로 바뀌었던 것을 기억한다. 지금까지 줄곧 노란 신호여서 제자리에 서 있기만 했는데, 이제 앞으로 나아가도 된다는 말을 들은 것 같았다.

멈춰. 단, 멈출 수 없다면 전진해. 바로 노란 신호다.

녹색으로 바뀐 신호에 등을 떠밀린다. 여기서 한 발 간신히 앞으로 나갈 수 있을지도 모른다. 기숙사와 직장을 오갈 뿐인, 그리고 가짜 오믈렛을 굽기만 할 뿐인 일상으로부터 한 발. 단 한 발만이라도.

하지만 올리다 만 오른쪽 다리는 앞으로 내딛지 못한 채 그대로 공중에 떠 있었다. 그녀가 '수성'을 불렀던 그 입으로 음악과는 완전히 동떨어진 말을 꺼낸 것이다.

"부탁이 있어요."

'아아, 역시나' 하고 생각하는 나 자신이 스스로도 의외였다. 나는 가만히 오른발을 내려놓는다.

부탁할 것이 없다면 이렇게 친근하게 대해 줄 리가 없지. 이 사람 덕분에 앞으로 나아갈 수 있을지도 모른다며 가슴 벅차했던 것이 계면쩍었다.

"너무 뻔뻔하다는 건 알지만……."

같은 말을 조금 전에도 들은 것 같다. 분명 이 사람의 말버릇일 것이다. 조금 전에는 뭐였더라? 뻔뻔하지만 방을 보여달라, 였던가?

주저하고 있는 듯한 목소리였다. 그녀의 부탁을 받아들일 각오는 되어 있지 않았다. 시선을 돌리고 싶은 충동을 간신히 참았다.

"일주일에 한 번만, 점심때 이 방을 빌려도 될까요?"

"그러세요."

생각해 보기도 전에 대답이 나온 것은 아마 미리 포기하고 있었기 때문일 것이다. 그녀에 대해서도, 나에 대해서도.

하지만 내 대답을 들은 그녀의 얼굴이 환하게 빛났다. 유난히 검은 눈동자의 눈이 휘둥그레져서 마치 어린아이 같았다.

"안 물어봐요?"

"뭘요?"

"뭐에 쓸 거냐고."

나는 잠시 생각했다. 3초 정도.

"뭐에 쓰든 상관없어요."

"와, 마음이 넓으시네요!"

어린아이 같은 얼굴로 그녀는 감탄했다. 그러고 나서 야무진 표정을 지으며 "실은, 자고 싶어서요"라고 말하더니, 이내 당황하여 재빨리 덧붙였다.

"잠을 자고 싶다는 소리예요."

"아, 낮에요?"

낮에 떠 있는 수성이 갑자기 뇌리를 스쳐 지나간다. 흐트러진 머리칼을 귀 뒤로 넘기며 그녀가 고개를 끄덕였다.

"점심을 먹고 나면 잠이 너무 쏟아져요. 직장으로 가는 도중에 걸으면서 잔 적도 있어요. 휘청거리다가 넘어질 뻔하거나, 화장실에서 자다가 바닥으로 굴러떨어져 타박상을 입거나, 아무튼 제정신이 아니에요. 딱 20분만 누울 수 있다면 얼마나 행복할까 싶어서……. 아, 이불은 쓰지 않을 테니 안심하세요. 제가 누울 수 있을 만큼의 다다미 한 장 크기만 빌려주시면 돼요."

"왜요?"

왜 그렇게 졸려요? 왜 나한테 부탁을 하는 거예요? 왜 '수성'을 불렀어요? 왜 잘 알지도 못하는 남자 방에서 낮잠을 자도 괜찮을 거라 생각하는 거예요?

몇 종류의 '왜'가 머릿속을 뛰어다녔지만 결국 나는 입속으로 우물거릴 수밖에 없었다.

"왜 갑자기 움츠러드신 거예요?"

그렇게 말하는 것이 고작이었다.

20분이든 한 시간이든 두 시간이든 얼마든지 자고 가도 된다. 다다미 한 장이든 여섯 장이든 마찬가지니까 그것도 맘껏 쓰면 된다. 이불 역시 사용해도 상관없다. 하지만 그녀가 그렇게 나오

는 이상 이쪽에서 자진해서 청해서는 안 될 것 같은 기분이 들
었다.

"여기에 기숙사가 있다는 건 전부터 알고 있었어요. 직장 근처
에 방이 있으면 좋겠다고 생각했거든요. 하지만 우리 할머니의
달걀 줄줄 오믈렛을 닮은 그것을 먹지 않았다면 실제로 이 방을
구경할 순 없었을 거예요."

"무슨 말인지 잘 모르겠네."

내가 말하자 그녀도 고개를 끄덕였다.

"홀스트의 '수성'도. 엄청 좋아했는데 완전히 잊고 있었어요.
아빠가 클래식을 좋아해서 집에 음반이 많았는데, 내가 듣는 걸
보고 엄청 좋아하셨죠. '수성'을 듣고 클라리넷에 푹 빠져서 배우
고 싶다고 했더니 전폭적으로 응원을 해주셨어요. 그렇게 행복
했던 어린 시절이 떠올라서 좋았어요. 아빠와 내가 놀러갈 때면
언제나 달걀 줄줄 오믈렛을 만들어 주셨던 할머니가 계셔서 지
금이 존재하는 거라고 생각해요. 그러니 내가 지금 할 수 있는 일
을 열심히 할 수밖에 없고요."

행복한 기억만이 이 사람을 지탱해 준다. 떠올릴 수 있는 행복
뿐만이 아니다. 떠올릴 수 없는 무수한 기억에 의해서도 사람은

성립되는 것이다. 행복한 기억이든 그렇지 못한 기억이든, 즐거 웠던 추억이든 슬픈 기억의 조각이든.

아름다운 기억만이 그 사람의 아름다움을 지탱해 주는 건 아 니다. 슬픈 기억이 그 사람의 다정함을 지탱해 주기도 하는 것처 럼 좋은 일도 나쁜 일도 일단 그 사람 안에 깊이 가라앉았다가 어느 순간 생각지도 못했던 형태로 드러난다.

우리 아버지는 트로트밖에 듣지 않았지만 나는 '수성'을 좋아 하고, 클라리넷을 분다. 달걀이 주르륵 흐르는 오믈렛을 먹어본 적도 없고, 특별히 맛있는 것을 많이 먹으며 자란 것도 아닌데 요 리를 좋아한다. 가진 기억과 가지지 않은 기억이 서로 부풀어 오 르고, 서로 밀어내고, 또 부풀어 올라 지금의 나를 이루고 있는 것이다.

예를 들어 물에 대한 기억이 얼음이 되거나, 또는 바다로 모양 을 바꿔서 인생에 출몰하는 일도 있는 것 같다. 그러니 오믈렛을 먹고 낮잠 청할 방을 찾는 행동으로 나타나는 경우도 충분히 있 는 것이다.

"이 방, 좋은 방이네요. 당신에 대해 아무것도 모르지만 이 방 을 보니 당신이 좋은 사람일 거라는 생각이 들어요."

찻잔에서 알맞게 우려낸 홍차 티백을 꺼내면서 '과연 난 좋은 사람인가' 하고 생각한다.

"고마워요."

이렇다 할 특징도 없는 내 방의 특징을 발견하고 좋은 방이라고 말해 주는 걸 보면, 그녀도 분명 좋은 사람일 것이다. 그녀와 나는 어쩌면 겉으로 드러나지 않는 무엇인가의 기억으로 연결돼 있는지도 모른다. 그렇게 생각하는 것만으로 가슴속 깊은 곳에서 기쁨이 솟구치는 것 같았다. 나도 그녀의 기억의 일부가 되고 싶다.

"밤에는 연극 공부를 하고 있어요."

갑작스런 그녀의 말에 조금 당혹스러웠다. 하지만 그녀는 신경 쓰지 않는 듯했다. 머그컵을 양손으로 감싸 쥐고 이야기를 계속했다.

"낮에는 일하고 밤에는 연습하느라 항상 졸려요."

의외였다. 화려한 무대와는 거리가 먼 분위기의 여자인데.

"왜요? 뭔가 이상해요?"

질문을 받고 나서야 눈치 챘다. 나는 웃고 있었던 것이다. 주르륵 오믈렛을 좋아하고, 클라리넷을 배우고, 이 방을 좋다고 말해 준 사람이 연극 공부를 하고 있단다. 도무지 연관성을 찾을 수 없다. 하지만 무언가 연결되어 있을 거라고 믿고 싶다. 지금 이렇게 이야기를 나누며 한잔의 홍차를 마시는 것도 나중에 두고두고 꺼내볼 수 있을 정도의 선명한 기억으로 남지는 않더라도, 그녀 인생의 몇만 분의 일을 만드는 것이라고 생각하고 싶다. 그것이 언젠가, 어디에선가 그녀를 지탱해 줄지도 모른다.

"저기요, 웃는 거예요?"

"아, 아무것도 아니에요. 죄송해요."

기뻐서다. 그녀를 위해 만든 오믈렛을 맛있다고 해주지 않았어도 그녀의 안에서 그리고 내 안에서 공통의 기억으로 남는다면 그건 마치 기적과 같은 일인 것이다. 그렇지만……

"다음에 맛있는 오믈렛 먹으러 안 갈래요?"

맛있는 건 맛있게, 즐거울 땐 즐겁게, 있는 그대로의 형태로 가슴 벅찬 시간을 공유할 수 있다면 더 행복할 것 같아서 용기를 냈다.

"당신이 만들어주는 게 아니고요?"

"네, 나는 오늘 거절당했으니까. 누가 먹어도 늘 맛있는 가게를 알고 있어요. 오믈렛뿐만 아니라 하나부터 열까지 다 맛있어요."

"평범하게 갈 수 있는 가게예요?"

평범하게 갈 수 있을까? 역 앞 로터리에 있는 허름하고 작은 레스토랑. 항상 손님으로 넘쳐나고, 따뜻한 소란스러움이 가득하다. 뭘 먹든 훌륭하고 맛있어서 손님들은 절로 웃음짓게 된다. 하라이. 내가 동경하는 가게.

언젠가 그녀와 함께 먹으러 갈 수 있다면 더없이 즐거울 것 같다. 주르륵 오믈렛은 없겠지만, 분명 그녀에게 있어서 소중한 기억이 될 만한 한 그릇의 음식을 먹을 수 있으리라.

언젠가 함께 갈 수 있다면. 언젠가 그 가게에서 일할 수 있게 된다면.

"평범하게 갈 수 없을지도 몰라요. 나 같은 경우 좀 더 수행을 쌓지 않는다면."

조리사 자격증도 따고 나서.

이번엔 그녀가 웃는다.

"그냥 먹으러 가는 거 아니었어요? 수행이 필요한 가게예요?"

그렇게 말하더니 머그컵을 들고 자리에서 일어선다.

"홍차 맛있었어요. 잘 마셨어요. 이제 가봐야 해요."

시계를 확인하자, 정말이다. 나도 가봐야 할 시간이었다.

책상 서랍에서 사용해 본 적 없는 여벌의 열쇠를 집어 그녀에게 건넨다. 손에서 손으로 건네는데 심장이 쿵 하고 떨렸다. 바보 같다. 오작동이다. 그녀가 내게 놀러오겠다는 것도 아니다. 내가 없을 때 잠시 낮잠을 자겠다는 것뿐이다.

"다음주부터 극단 공연이 있어요. 공연이 끝나고 나서도 괜찮아요?"

방문을 열기 전 그녀가 뒤를 돌아본다.

"끝나고 나서?"

"네. 이번달…… 시월 말쯤 되려나? 31일 어때요?"

고개를 갸우뚱하다가 깨달았다.

"혹시, 오믈렛 먹으러?"

복도에 먼저 나가 있던 그녀가 웃는다.

"자기가 가자고 해놓고선!"

극단에서 공연이 있다니, 일단은 그걸 보러 가야겠다. 그녀도 나오겠지. 공부를 하는 중이라 했으니 아직 변변한 역할은 맡지 못했으려나?

아니 그 전에 나는 조리사 자격증 시험 준비에 최선을 다해야 한다. 31일에는 웃는 얼굴로 만날 수 있도록.

아차! 그보다 하라이에 예약 먼저 해야지. 어딘가의 말로 '맑음'의 의미라고 하는 하라이.

"여섯 시면 괜찮을까요?"

계단을 내려가던 그녀가 내 질문에 웃는 얼굴로 뒤돌아본다.

예약 2

"오빠"라고 부르는 여동생의 목소리가 들린다. 냄비 안에서 기름이 톡톡 튀는 듯한 잡음이 섞인다. 비디오카메라가 여동생의 뒷모습을 잡고 있다.

"있잖아, 오빠. 카레가루 말이야."

여동생은 뒤를 돌아보며 손가락에 묻은 무언가를 혀로 핥는다.

"카레 알갱이를 간 거라고 생각하지 않았어? 어쩐지 아몬드 같은 나무 열매를 상상하게 되잖아."

그렇게 말하고는 다시 등을 보이며 냄비 안을 휘저었다. 보이지는 않지만 당근, 감자, 양파, 돼지고기 등속일 것이다.

"근데 말이야, 사실은 그게 아니래. 카레가루라고 딱 정해진 건 없고, 커민이라든지 클로브, 음, 또 뭐더라, 코리앤더? 뭐 그런 여러 가지 스파이스(spice : 음식에 풍미를 주어 식욕을 촉진시키는 식물성 물질-편집자)를 섞어 놓은 것의 총칭을 카레가루라고 부르는 거래."

여동생의 태연한 명랑함이 눈에 들어온다.

나는 비디오 재생을 멈추고 이불 위에 누워 눈을 감는다. 구식 비디오카메라는 크고 무겁다. 오른손을 핸드 스트랩에 끼운 채로, 내가 졸린지 안 졸린지 생각해 본다. 물론 아직이다. 벽시계를 보니 아직 밤 10시도 되지 않았다. 천장을 향해 똑바로 누웠던 몸을 옆으로 돌려 조금만 더 비디오를 재생시켜 보기로 한다.

갑자기 화면이 캄캄해진다. 누군가가 손으로 렌즈를 가렸다. 아무것도 찍히지 않고―실제로는 누군가의 손바닥만이 찍혀 있다―음성만이 담겨 있다.

"뭘 찍고 싶은 거예요?"

소녀의 목소리가 들린다. 나는 대답하지 않는다. 나는 언제나 대답하지 않는다. 왜냐하면 나는 질문을 던지는 쪽이니까. 대답을 할 수 있다면 카메라를 들고 있지 않을 것이다.

다시 되감아 본다. 아니, 벌써 몇 번이나 되감아 보았다. 무표정한 소녀가 찍혀 있고, 이윽고 그녀는 이쪽을 향해 걸어온다. 이쪽으로. 정확히 말해 그녀의 앞에 있던 내 쪽으로. 그녀의 앞에 있던 카메라 쪽으로. 그러더니 렌즈를 손으로 가린다. "뭘 찍고 싶은 거예요?"라고 묻는다. 목소리에 표정은 없다.

발단은 3년 전이었다.

저녁식사 후 엄마가 우리 삼남매를 불렀다. 당시 전문대를 다니던 누나와 고등학생이던 나, 그리고 중학생이던 여동생. 엄마는 웃고 있었다. 웃으면서 자신의 병에 대해 이야기했다. 그건 엄마 나름의 최선의 배려였을 것이다. 자식들을 울리지 않기 위해, 자신은 괜찮으니 안심하라고 말하고 싶었을 것이다. 머리로는 이해한다. 하지만 마음이 받아들이지 못했다. 웃으면서 자신이 이제 곧 죽을 거라는 얘기를 하다니.

그때 좀 더 심각한 표정을 지어 주었더라면 좋았을 텐데.

엄마에겐 잘못이 없다. 배려가 없지도 않았다. 그랬음에도 엄마의 그 웃는 얼굴이 미웠다. 미워하고 싶었던 건지도 모른다. 누구에게도, 어디서도 발산할 수 없었던 분노를 그때 엄마의 웃는 얼굴을 향해 터뜨리고 싶었는지도 모른다. 그로부터 반년이 채 지나지 않아 엄마가 세상을 떠났을 때도, 나는 끝내 엄마를 용서하지 못할 것 같은 기분으로 천장만 노려보았다.

엄마의 발병 이후로 다른 사람의 얼굴을 믿지 못하게 됐다. 얼굴뿐만이 아니다. 사람 자체를 믿을 수 없게 되어버렸다.

"사람을 믿지 못하는 건 자기 자신을 믿지 못하기 때문이야"라고 누나는 한숨을 내쉬듯 말했다. 맞는 말일 것이다. 나는 나 자신을 포함해 도대체 무얼 믿어야 좋을지 알 수 없었다. 다른 사람과 만나는 게 싫고, 밖에 나가는 것도 겁이 나 학교도 가지 않았다. 동생이나 누나와 말하는 것도 귀찮아져서 방에 처박혀 있기만 했다. 그러다 보니, 바람만 불어도 무서워서 부들부들 떨리거나 눈물이 나서, 나 스스로도 이거 큰일이다 싶었지만.

누나의 결혼이 계기가 되었다. 이런 상태의 남동생과 아직 중학생인 여동생을 두고 결혼할 수 없다고 생각한다는 걸 알고 난 후, 나는 어떻게든 이 방에서 나가야겠다고 마음을 먹었다.

갑옷. 방패. 지팡이. 그런 식으로 불러도 좋을 어떤 도구에 의지해서 나는 간신히 방에서 나올 수 있었다. 그게 바로 비디오카메라다.

누나의 결혼 상대와 처음 식사를 하는 자리에서도 나는 촬영을 자처하고 나가 온몸에 식은땀을 줄줄 흘리며 비디오를 찍었다. 비디오카메라를 통해 세상을 보면 현실에서 잠시 벗어날 수 있다. 몇 걸음 떨어져 바라볼 수 있게 된다. 누나의 생글생글 웃는 얼굴을 촬영하면서, 화면을 향해 "축하해!"라고 중얼댈 수도 있었다. 누나가 결혼해서 자신의 행복을 찾길 진심으로 바랐다. 그렇지 않으면 나는 점점 더 움직일 수 없게 될 것 같았다.

이날 누나의 웃는 얼굴에 한 점의 근심도 없었던 것인지는 잘 모르겠다. 웃는 얼굴 이면에 가려진 무언가를 찍고 싶다는 생각도 있었지만, 아무것도 찍히지 않았으면 좋겠다고 바랐던 것도 사실이다. 비디오에 찍혀 있지 않은, 그때 엄마의 한없이 다정하기만 했던 미소만이 지금도 뇌리에 박혀 있다.

계속해서 비디오를 찍다 보면 언젠가 어디에선가 반드시 만나게 될 것이다. 이 닫혔던 날들이 변화하는 순간이 반드시 카메라에 찍힐 것이다. 그렇게 믿고 있기 때문에 나는 비디오카메라를 손에서 놓을 수 없다. 그날이 언제 올지, 어디쯤에 찍혀 있을지 알 수 없기 때문에 더욱 조심스럽다. 필름 어딘가에 슬며시 변화의 조짐이 섞여 들어와 있지는 않은지 나는 몇 번이고 재생시켜 확인한다.

언젠가 반드시 이 화면 속에서 그 열쇠를 찾아낼 것이다. 설령 내가 그 열쇠를 그냥 지나친다 해도 화면에는 남아 있을 것이다. 그렇게 생각하면 안심이 된다. 비디오카메라로 찍은 건 영화와는 다르다. 정해진 스토리가 없다. 연출도 없다. 음악도 없다. 그래도 반드시 어딘가 찍혀 있을 열쇠를 생각하면 영화를 보는 것보다 설렌다.

비디오카메라를 손에 들게 되면서 나는 방에서 나올 수 있었다. 예를 들어, 오른손으로 비디오를 돌리며 소포를 받거나 전화를 받을 수도 있게 되었다. 누나가 조금이라도 안심하고 이 집을 나가주길 바랐다. 엄마의 보험금과 아버지로부터의 약간의 양육비, 그리고 누나의 도움으로 우리 남매는 그럭저럭 생활을 꾸려 나갈 수 있었다.

동생 입장에서 보면 이런 오빠는 정말 귀찮은 짐 덩어리에 불과할지도 모른다. 누구보다도 동생인 자신이 보호받아야 할 입장이니까. 물론 미안하게 생각하고 있다. 누나에게도 동생에게도. 분명 동생은 나를 어떻게든 하고 싶을 것이다. 나도 나를 어떻게든 하고 싶다. 하지만 아무것도 할 수 없다. 아무것도 할 수 없다는 걸 처음부터 알아 버렸다. 다시 한 번 시작할 기회를 얻는다 해도 나는 분명 아무것도 하지 못한 채, 집 안에서 비디오카메라에 의지해 조용히 숨만 쉬고 있는 생물일 것이다.

이제 고등학생이 된 내 여동생은 정말 대단하다. 자기 나름대로 생각하는 것도, 말하고 싶은 것도 많을 텐데, 비디오카메라만 돌리고 있는 오빠에게 불평 한마디 한 적이 없다. 그러기는커녕 쇼핑하러 간 김에 비디오테이프를 사다 줄 정도이다.

“우리가 앞으로 몇 번이나 더 밥을 먹을 수 있을 거라고 생각해?”

동생은 그렇게 말하고는 자신이 한 말의 무거움에 눌려 쑥스러운 미소를 지었다.

“몇백 번일지 몇천 번일지 모르겠지만, 어쩌면 몇십 번일지도 몰라.”

동생이 밥을 하고 나는 청소를 한다. 청소기를 돌리고, 테이블을 훔치고, 싱크대와 욕조를 닦는다. 청소하는 동안은 비디오카메라가 필요 없다.

옛날 모습 그대로의 낡은 우리 집은 불편한 점이 많다. 1층엔 부엌과 거실, 화장실, 욕실, 그리고 다다미 여섯 장짜리 방이 있다. 2층엔 계단을 올라가면 양편으로 문이 있고 각각 다다미 여섯 장짜리 방이 있다. 화장실도 없고 욕실도 없다. 매번 1층으로 내려가 볼일을 봐야 하는 구조였다.

그런 탓인지 동생은 자신의 방을 2층에서 1층으로 옮겼다. 이제 우리 둘밖에 없으니 일부러 불편한 2층 방에 나란히 있을 필요가 없는 것이다. 1층 방은 예전에 엄마가 썼다. 그 방에 다른 사람의 인기척이 있다는 게 아직까지도 나는 잘 적응이 되지 않는다.

푸른색 블라우스를 입은 동생이 부엌에서 콧노래를 부르고 있다. 싱크대 옆 좁은 작업대 위에 도마를 올려놓고 식칼로 채소인지 뭔지를 채썰고 있다. 그러다가 이쪽을 돌아본다. 뭔가 말을 하고 있다. 한 마딘가 두 마디. 소리를 껐기 때문에 무슨 말을 하는지 알 수 없다.

화면을 빨리 감는다. 이번에는 흰색 반팔 셔츠 차림이다. 머리도 짧아졌다. 테이블 위에 잡지를 펴놓고 도라야끼(밀가루, 달걀, 설탕을 섞은 반죽을 둥글납작하게 구워 팥을 넣은 화과자-옮긴이)를 먹고 있다. 그리고 보니 화면 속의 저 찻잔은 깨졌는지, 이가 빠졌는지

요즘은 통 볼 수가 없다. 여동생이 '먹을래?'라는 눈빛으로 내 쪽을 향해 도라야끼를 내민다. 아마 나는 거절했던 것 같다. 여동생은 도라야끼 든 손을 도로 가져가서 그대로 자기 입에 넣고 다시 잡지 쪽으로 눈을 돌려 읽기 시작한다.

비디오를 재생시켜 보다 보면 시간이 무척 빨리 지나간다. 여동생이 나에게 원했던 단 하나의 약속은 밤 열 시에는 반드시 잠자리에 들라는 것.

"밤 열 시부터 새벽 두 시 사이에 성장호르몬이 나오는 거야."

여동생은 어쩐지 우쭐대는 표정으로 가르쳐 주었다.

"그러니까 그 시간에는 꼭 잠자리에 들어줘."

이제 와서 성장호르몬이라니. 세상에 어느 열여덟 살 청년이 밤 열 시에 잠을 잔단 말인가, 하고 생각했지만, 평소에 나를 헌신적으로 돌봐주는 동생의 간절한 부탁이기에 어쩔 수 없었다.

집 밖에 도통 나가지 않는, 점점 변해 가는 오빠의 모습과 생활을 지켜보는 게 무서웠을지도 모른다. 새벽녘에 잠자리에 들었다가 저녁때가 다 되어 일어나는 낮밤이 바뀐 날들에 대한 자기혐오감은 나 역시 감당이 안 될 정도였다. 방에서 나가고 싶지 않고, 다른 사람을 만나고 싶어 하지 않는 나 자신에 대한 혐오감은 이미 내 안에 가득 차 있었다. 그러니 밤낮이 바뀐 걸로 쓸데없이 나를 더 몰아붙이고 싶지는 않았다. 어차피 몇 시에 자고 몇 시에 일어나든 상관 없었다. 딱히 할 일도 없었다. 그럴 바에야 동생이 원하는 거라도 들어줘야겠다고 생각했다.

하지만 하루 종일 몸을 움직이지 않으니 잠이 올 리 만무하다. 불을 끈 방에서 이불 속으로 들어가 비디오카메라의 재생 버튼을 누른다. 작은 화면 안에 찍혀 있는 건 이 집 안뿐이고, 움직이는 건 동생뿐이다. 한창때의 십대 두 명이 집에 있으면서 이 정도로 움직임이 없는 경우는 드물 것이다. 가끔 주전자의 물이 끓어서 뚜껑이 딸각딸각 위아래로 오르내리고, 창문으로 들어오는 바람에 형광등 끈이 이리저리 흔들리는 모습이 찍혀 있는 경우도 있다. 그러나 기본적으로 이 비디오는 살아 움직이는 동생을, 그보다 현저히 움직임이 적은 내가 찍는 풍경사진과도 같은 것이었다. 시노하라가 등장하기 전까지는.

시노하라는 동생의 고등학교 친구이다. 동생이 다니는 학교는 집에서 그렇게 가깝지 않다. 요즘 같은 세상에도 고교생이 친구 네 집에 놀러 가고 그러나? 잘 모르겠다. 둘이 특별히 친한 것 같 진 않았지만, 실제로 그렇든 그렇지 않든 상관없었다. 여동생만 좋다면 그걸로 된 것이다. 집으로 놀러온 친구를 소개받고 인사 를 나눴지만 그녀에 대한 호기심은 전혀 없었다. 그녀 역시 그랬 을 것이다. 호기심을 가진다든지, 관심의 대상이 된다든지, 그런 범주에서 완전히 제외된 존재라는 걸 나 자신 똑똑히 자각하고 있었다.

그러고 보니 시노하라의 첫인상은 머리칼이 검다는 것 외에 는 없다. 그것도 동생의 갈색 머리칼에 비교되어 그런 것이지 검은 머리칼이 아름답다거나 하는 호의적인 평가로서의 기억은 아니다.

오늘 밤은 유난히 잠이 안 와서 비디오를 한 쪽 끝에서부터 재 생시켜 보고 있는데, 시노하라를 처음 봤던 때인가 싶은 장면이 나왔다. 안녕하세요, 라는 목소리가 담겨 있다. 화면 속 흔들리는 검은 머리칼. 카메라를 피하고 있다. 고개를 들지 않는다. 그것도 어쩔 수 없다. 친구 집에 갔더니 난데없이 비디오카메라를 들고 나타난 오빠가 있다면 외면하는 게 당연하다.

"항상 저래."

여동생의 목소리가 들린다. 내가 아니라 시노하라에게 하는 말이다.

아마도 집에 데려오는 시점에 나에 대해―그리고 우리 가족에 대해서―이야기해 놓은 듯했다. 부모님은 어렸을 적 이혼하셨고, 함께 살던 엄마는 돌아가시고, 언니는 시집을 가고, 현재 집에는 은둔형 외톨이인 덜 떨어진 오빠 한 명이 있는데 비디오카메라를 손에서 놓지 않는다는 것을.

시노하라는 자주 등장하지는 않는다. 집에 가끔 놀러왔지만, 그런 날은 내가 방에서 나가지 않았기 때문이다. 아주 가끔 1층에 있다가 맞닥뜨리게 되는 경우 외에는 그녀의 모습은 비디오에 담겨 있지 않다.

적당히 빨리감기를 하며 보았다. 화면 속 시노하라가 나오는 장면이 실제로 몇 번째 방문이었는지는 확인할 수 없다. 그녀는 여전히 칠흑 같은 머리칼을 휘날리며 살짝 고개를 숙였지만, 시선은 이쪽을 보고 있다. 그녀는 그날 아무도 묻지 않았던 것을 질문했다.

"뭘 찍고 있는 거예요?"

그녀는 내게 있어 자꾸만 눈을 찌르는 긴 속눈썹처럼 따가운 존재였다. 우선 다른 사람이 우리 집에 있다는 것 자체가 스트레스였다. 나는 웬만하면 동생과도 얼굴을 마주치고 싶지 않았다. 그런데 어느 날은 심지어 동생이 학교에 간 후에도 그녀 혼자 집에 남아 있곤 했다. 왜 동생도 없는 집에 그 친구가 있는 것인지 이상하게 생각되었지만, 적극적으로 불쾌감을 표시할 만큼 그녀와 관계를 맺고 싶지 않았다. 그건 그녀도 마찬가지였을 것이다.

시노하라는 내 동생처럼 명랑한 편도, 말이 많은 편도 아니었다. 동생이 집에 없을 때 그녀는 부엌 의자에 앉아 멍하니 텔레비전을 보거나, 문고판 책을 읽거나, 노트에 뭔가를 끄적이고 있었다.

그것만으로도 나는 짜증이 났다. '이런 대낮에 뭘 하는 건가, 저 아인 학교에 안 가도 되는 건가?' 생각하며 마음속으로 독설을 퍼붓기도 했다. 물론 당신이야말로 뭐하는 거냐고 반문해 온다면 할 말이 있을 리 없었다.

그녀가 와 있는 동안에는 방에서 나가지 않으면 그만이라고 생각했지만, 여러 가지로 불편했다. 1층에 아예 내려가지 않을 수는 없었다. 배도 고팠다. 전병이나 귤을 가지러 잠시 내려가면, 테이블 위에 랩으로 싸놓은 주먹밥이 놓여 있곤 했다. 부엌 의자에 앉아 있던 그녀가 문고판 책을 읽다가 고개를 들며 "드세요"라고 말할 때도 있었다. 모르는 척해도 될 텐데. 일단 나는 그 "드세요"에 감정이 담겨 있지 않다는 사실에 안도한다. 배가 많이 고프면 랩을 벗기며 "하나 먹을게"라고 말하기도 했다.

그런 생활에 점차 익숙해졌다. 그러던 어느 날 "하나 먹을게"라고 말하며 랩을 벗기려는 내 왼손이 화면에 찍혀 있을 때, 테이블 맞은편의 그녀가 갑자기 고개를 드는 바람에, 검은 머리칼이 흔들리는 장면이 잡혔다. 깜짝 놀란 카메라가 그녀를 향했다.

"뭘 찍고 있는 거예요?"

그녀는 차분한 목소리로 묻는다. 여동생과 동갑이라고는 도저히 생각되지 않을 만큼 침착한 목소리였다.

화면이 흔들렸다. 뭘 찍고 있는 건지 나도 잘 알 수 없었다. 실제로 화면에 찍힌 것은 이쪽을 똑바로 응시하는 그녀의 검은 눈동자뿐이었다.

내가 아무 말도 하지 않자 그녀도 말없이 내 쪽을 바라보고 있다. 비디오카메라를 계속 들고 있을 용기가 없었다. 시선을 피하려고 카메라 렌즈를 테이블 쪽으로 돌렸다. 아무 말도 하지 않았지만, 그녀가 계속 나를 바라보고 있다는 건 알 수 있었다.

"하나 먹을게."

빨간 램프가 켜져 있는 비디오 화면에, 동생이 만든 삼각형 모양과는 다르게 김으로 만 둥근 주먹밥, 그리고 거기에 나의 왼손이 찍힌다.

"주먹밥, 맛있어요?"

화면 밖에서 그녀의 목소리가 들린다. 아직 안 먹었어, 라고 말하고 싶은 걸 참고 천천히 그녀 쪽으로 카메라를 돌린다.

"아아―."

이거 내 목소리다. 우리 집 주먹밥과는 사뭇 다른 김과 간장으로 만든 주먹밥이었던 것이다.

"주먹밥, 진짜 맛있어. 잘 먹었어."

그러자 화면 속 그녀의 표정이 변했다. '변했다'라고 말하는 건 좀 이상하지만, 내가 굳이 표현하지 않아도 화면 속 그녀의 얼굴이 움직이고 있었다. 닫혀 있던 꽃망울이 터지듯 산뜻하게 웃었다는 걸 나는 조금 후에 깨달았다.

"잘됐다!"

그녀의 입 모양이 그렇게 보였다.

잘·됐·다.

단, 목소리는 들리지 않는다. 내 귀에 도달하지 않았을 뿐인가? 어쩌면 카메라 마이크는 담아냈을지도 모른다. 내 눈은 화면을 응시한 채 화면 속의 그녀에게 말했다.

"그럼 난 이만 올라가 볼게."

인사를 하고 왼손에 주먹밥을 하나 든 채 부엌에서 나왔다.

점차 나는 그녀에게 익숙해졌고, 그녀도 나에게 익숙해지고, 동생 역시 셋이 있는 것에 익숙해졌던 것 같다. 동생 입장에서 본다면 잠시나마 집안 분위기를 바꾸고 싶었는지도 모른다. 우리 셋은 함께 밥을 지어 먹거나 치우거나 했다. 즐거웠던 건 아니다. 화기애애했다기보다는 그냥 담담했다. 여동생은 명랑했지만 시노하라는 말수가 적었고 나는 나대로 그저 비디오를 찍을 뿐이었다. 친밀함과는 거리가 멀었다.

시노하라의 영상을 찾으려는 의도는 아니었는데, 워낙 빈번히 찍혀 있다 보니 그녀가 없는 장면을 찾기가 힘들 정도다.

동생이 민소매 옷을 입고, 짧은 머리를 포메라니안의 꼬리처럼 깡총하게 묶고 있으니, 이건 올 여름의 영상일 것이다. 아이스크림을 먹으며 신나게 떠들고 있다. 시노하라는 긴 소매다. 머리칼도 검은색 그대로, 길이도 어깨까지 늘어뜨린 그대로이다. 동생과 마찬가지로 스푼으로 아이스크림을 떠먹고 있지만 들떠 있다는 느낌은 전혀 없다. 이상한 조합의 친구라는 생각을 한다. 당시의 나는 이상한 조합의 세 명 중 한 명으로 아이스크림을 먹고 있었을까? 그렇지 않으면 그저 제3자로서 비디오를 찍고 있었을까?

희미하게 음악소리가 흘러나왔다. 영상 속에서다. 비디오카메라의 음량을 조금 키운다. 밤 열 시를 훌쩍 넘었으니 성장 호르몬은 기대할 수 없을 것이다. 그러니까 조금만 더. 어떤 음악인지 알아들을 수 있게.

시노하라가 고개를 드는 바람에 나는 테이블로 다가오는 동생 쪽으로 카메라를 돌린다. 동생은 카메라를 보고―그러니까 나를 향해서―기쁜 듯이 웃는다.

"오빠, 이 노래 좋아했지?"

비디오 볼륨을 더 높인다.

그렇다, 오래 전에 내가 좋아했던 노래다. 밝고 경쾌하고 즐거운 노래. 이런 노래를 좋아했다는 것도, 가끔 부르기도 했다는 사실도 까맣게 잊고 있었다.

거기서 비디오는 끝나 버렸다.

집에 엄마가 계시고, 누나가 있고, 내가 있고, 여동생이 있던 그 건강했던 날들을 떠올리는 걸 나는 원천봉쇄하고 있었다. 하지만 당시의 노래를 듣는 순간 그것이 해제되어 버렸다. 의도했던 건 아니다. 제멋대로 튀어나왔을 뿐이다. 노래와 함께 흘러나온 추억이 내 가슴을 빙글빙글 휘젓는다. 뭔가가 격렬하게 북받친다. 그 광경은 지금 여기에 없다. 어디에도 없다는 걸 신체가 알고 있다. 몸이 찢기는 듯한 아픔이 스쳐 지나간다. 앞으로도 나는 분명 이 아픔을 몇 번이고 겪지 않으면 안 되리라.

비디오의 전원을 끄고 이불 속으로 기어 들어간다. 아래층에 있는 동생은 아직 깨어 있을까? 성장호르몬이 듬뿍 나와서 쑥쑥 자라고 강인해졌으면 좋겠다. 그 시절의 노래를 듣고도 그저 좋아했다, 즐거웠다라고만 생각할 수 있게. 정말로 좋아했고 즐거웠으니까. 그 사실까지 지워 버릴 필요는 없다. 나처럼 나약하고 한심하고 마음속에 작은 양동이밖에 가지고 있지 못하면, 즐거웠던 기억이 들어갈 틈도 없이 이미 슬픔으로 가득 차 버린다. 여동생의 마음속에는 분명 김장도 너끈히 담글 만큼의 커다란 통이 있을 것이다. 괴로운 일이 있어도 그것까지 모두 들어갈 수 있는 넓은 공간이 있어서, 여동생은 거기서 첨벙첨벙 헤엄을 칠 수 있지 않을까? 그러길 바란다.

부엌에 들어가자 시노하라가 있다.

자동반사적으로 카메라를 켜고 비디오를 찍기 시작했다.

그녀는 피하지도 않고 아무 말도 없더니,

"뭘 찍고 있는 거예요?"

라며 물을 마시고 있는 내 뒤에서 말을 걸어왔다.

"좋은 거 찍었어요?"

마치 오늘의 포획물을 묻는 듯한 말투였다.

좋은 건 찍을 수 없다. 좋은 건 과거에만 있다. 과거를 찍을 수 있다면 얼마나 좋을까 하고 생각하지만, 그러면 나는 과거 속에 잠겨 다신 돌아오지 못할 것이다.

"지금을 찍는 거야."

반론이라고도 할 수 없는 반론이 내 입에서 튀어 나왔다. 지금밖에 찍을 수 없으니까. 과거는 찍을 수 없으니까.

"만약 지금을 찍고 있는 거라면 카메라를 내려놓으세요. 그거야말로 제대로 된 지금이라고 생각해요."

순간 나도 모르게 카메라에서 눈을 떼고 맨눈으로 시노하라를 쳐다보았다.

안 돼! 카메라를 통해서라면 평범하게 이야기할 수 있지만, 필터가 없으면 너무나도 생생하다.

"배고프지 않아요?"

화면으로 눈을 돌리려던 나는 다시 한 번 그녀에게 시선을 옮긴다.

"주먹밥 만들었어요. 카메라 내려놓고 먹지 않을래요?"

웃음이 나왔다. 오랜만에 웃는 웃음이었다.

"혹시 내 동생한테 무슨 부탁이라도 받았니?"

그녀가 고개를 저었다.

"나를 보통사람으로 만들려는 거야?"

고개를 젓던 그녀가 시선을 떨어뜨렸다.

"오빠를 위해서라기보다는 하루카를 위해서예요."

그러니까 동생에게 부탁받은 거냐고 물었잖아.

"과거에 살고 있는 사람과 둘이 지내다 보면 하루카가 숨 막히지 않을까 걱정돼서요."

"잠깐! 나는 과거에 살고 있지 않아. 과거에 살 수만 있다면 얼마든지 그렇게 하겠는데, 유감스럽게도 그건 불가능해. 이렇게 너와 이야기하고 있는 건 지금 현재의 나야."

나는 어느새 다시 카메라 렌즈를 통해 그녀를 보고 있었다.

"카메라를 통해 이야기하는 건 과거를 향해 이야기하는 것 아닌가요? 지금, 여기에, 눈앞에 있는 나를 보며 이야기하세요. 아니, 나는 됐으니까 하루카에게 그렇게 해주세요."

나는 카메라를 통해서 이야기하고 있을 뿐 과거를 향해 이야기할 생각은 없다. 물론 하루카와도 리얼타임으로 이야기하고 있다. 단, 리얼타임이 리얼이 아닐 뿐이다.

"시노하라, '지금'은 인생이 아니야."

카메라 화면에 검은 머리칼의 소녀가 찍힌다.

"이런 게 인생일 리 없잖아?"

그녀는 내가 웃는 모습을 가만히 바라보고 있다.

"전에 하루카가 노래를 틀었더니 촬영을 멈춘 적 있죠?"

갑작스런 질문이 날아왔다.

"그런 일이, 있었던가?"

“예전에 오빠가 좋아했던 곡이라고 하루카가 말했는데, 그 곡을 듣고 오빠는 카메라를 내려놓고.”

그랬다, 도중에 영상이 끊어져 있었다. 이 아이가 즉시 알아챌 만큼 나는 동요했던 것일까?

그녀가 말을 이었다.

“노래를 흥얼거리면서 눈물을 흘렸잖아요.”

“거짓말 마.”

나는 외마디처럼 대답했다. 거짓말이다. 노래는 흥얼거리지 않았다. 눈물도 흘리지 않았다.

“마치 과거를 다시 사는 것처럼 보였어요. 하지만 틀렸어요. 노래를 불렀던 오빠도, 울었던 오빠도 지금의 오빠예요. 오빠는 되찾고 있는 중인 거예요.”

“뭘?”

내가 뭘 되찾는다는 거지? 비디오를 찍으며, 설령 찍는 순간 모두 과거가 된다고 해도, 나는 이렇게 필사적으로 지금을 살고 있는데.

“뭘 되찾으면 되는 건지 모르는 건 나도 마찬가지예요.”

시노하라는 진지한 목소리로, 단어를 신중히 선택하며 대화를 이어 나갔다. 그 노력은 화면으로도 전해져 왔다.

"카메라로 찍으면서 혹시 눈치 챘나요?"

시노하라는 랩이 씌워진 접시에서 주먹밥 하나를 꺼내 내게 내밀었다. 화면 속 검은 머리칼이 흔들린다.

"이 머리, 항상 똑같은 길이에 똑같은 모양이죠?"

그랬던가? 잘 기억나지 않는다. 그녀가 우리 집에 드나든 지 1년 정도 지났을 것이다. 언제나 같은 머리 모양을 유지한다는 건 상당한 노력이 필요한 일이다. 아마도 손질을 게을리 하지 않는 거겠지.

"가발이에요."

화면 속의 시노하라가 웃지도 않고 말한다.

"내 진짜 머리는 바리캉으로 밀렸어요."

순간 아무 말도 할 수 없었다.

돌아가시기 전 머리카락도 눈썹도 모두 없어졌던 엄마의 모습이 갑자기 떠올랐다.

"시노하라, 너 병에 걸렸니?"

나도 모르게 목소리가 잔뜩 잠겨 나왔다.

"아니에요. 집단 괴롭힘을 당했어요."

내가 아무 말도 하지 못하는 사이에 시노하라는 카메라 앞에서 쉬지 않고 말했다.

"여러 명이 나를 붙들고 바리캉으로 머리를 밀었어요. 옷도 신발도 엉망진창이 되어 집에 돌아가지도 못하고 있었는데, 그때 나타난 사람이 바로 하루카였어요. 나를 도와주면 자신도 괴롭힘을 당할 거라는 걸 알고 모두가 모른 척했는데, 하루카는 나를 집에 데려다줬어요."

화면 속 시노하라의 표정은 조금도 변함이 없다. 시간이 흘러 이제는 아무렇지도 않은 걸까? 그렇지는 않을 것이다. 아마도 자신의 감정을 컨트롤하기로 결심한 것이겠지.

"나는 학교에도 못 가고 매일같이 속이 메스꺼워 구역질만 했어요. 머리가 자랄 때까지 쓰라고 부모님이 가발을 사다 주셨는데, 가발을 써도 토하는 건 마찬가지고, 가발을 쓰지 않으면 죽고 싶어졌어요. 특히 밤에요. 오늘이 지나고 내일이 오는 게 너무나 무서워서 덜덜 떨었어요. 누군가가 안아주지 않으면 계속해서 떨리고, 그대로 어떻게 돼 버릴 것만 같았어요."

"부모님은?"

"부모님은 무척 조심스러워하셨어요. 걱정해 주시는 건 알겠는데, 계속 안아 달라고는 차마 말하지 못했죠. 그래서 자주 소란을 피웠어요."

화면 속의 시노하라가 고개를 숙인다.

소란을 피웠다고?

"아아—."

얼빠진 소리가 입에서 나와 버렸다. 소란 피웠다는 걸 짐작도 하지 못했다는 말은 하고 싶지 않았지만.

"그래서 한밤중에 하루카에게 와 있던 거였구나. 미안, 난 지금까지 전혀 눈치 채지 못했어."

반드시 밤 열 시에 자라고 했던 것도 바로 이것 때문이었구나. 오빠인 나에게도 말하지 않고 친구를 지켜왔던 것이다.

그래서 하루카는? 시노하라를 도와주면 괴롭힘을 당할 거라고 하지 않았나?

촬영을 멈추고 비디오카메라를 테이블 위에 내려놓는다. 스스로가 한심해서 힘없는 웃음이 끌끌끌 목구멍 안쪽에서 새어 나왔다. 나에게 이야기해 주었더라면 좋았을 텐데. 이야기 상대로서의 가치도 없다는 말이겠지.

"하루카는 나를 내내 꽉 끌어안아 줬어요. 나는 그저 울면서 떨고만 있었는데, 어느 순간 하루카 팔의 온기에서 바로 '지금'이라는 걸 깨달았어요. 그때 깜짝 놀라서 과거의 일로 떨거나 우는건 그만두겠다고 생각했어요."

테이블 건너편에서 나는 그녀의 이야기를 말 없이 듣고 있었다.

어리석은 짓이라고 생각할 수 있었던 것은 이 아이의 강인함이다. 어리석은 짓이라고 생각하면서도 나는 어리석은 짓을 계속 반복한다.

"하지만 지금도 전 가발을 벗을 수 없어요."

머리칼이 흔들린다. 1년이나 지났으니 진짜 머리도 꽤 자랐을 것이다. 그럼에도 가발을 벗을 수 없다는 건 뭔가를 잃었다는 뜻일까?

아닐 거라고 믿고 싶다. 그럴 리가 없다고. 설사 뭔가를 잃었다 하더라도 되찾을 수 있을 거라고. 시간은 얼마가 걸릴지 몰라도, 모양은 변했을지 몰라도, 언젠가 다시 찾을 수 있을 거라고.

그나마 비디오카메라라도 들고 있는 오빠에게 적응하고, 그것을 통해서라도 그럭저럭 일상을 영위할 수 있게 된 것에 기뻐하며, 하루카는 나를 받아들여 주고 있다. 그건 분명한 사실이다.

그런데 나는 대체 뭐란 말인가? 하루카가 받아주는 것만으로 만족해하며, 너무 많은 것들을 받아들이느라 마음에 조그만 틈조차 없을지도 모르는 동생을 배려하지 못하는 오빠라니!

시노하라를 포함해 하루카의 친구에 대해 깊이 생각해 본 적이 한 번도 없다. 결국 그건 하루카에 대해서도 깊이 생각해 본 적이 없다는 소리다. 친구는 많은지 적은지, 일방적으로 받아주기만 해야 하는 오빠와의 관계와는 달리 친구들과 잘 지내고 있는 건지. 밝고 다정한 아이이기에 나는 내 멋대로 분명 친구가 많을 거라고, 나 좋을 대로만 생각하고 있었다. 그렇게 생각해야 마음이 편하니까. 여동생이 어떤 마음으로 시노하라를 집에 데려왔는지 생각해 본 적도 없다.

"하루카는 오빠가 지금을 살아주길 바랄 거예요. 뭐, 내가 할 말은 아니지만요."

살아 있는 시노하라는 테이블 위에 놓여 있는 카메라 렌즈를 통해서가 아니라, 지금 여기 살아 있는 나에게 말을 걸고 있다.

인간이란 나약하다. 별것 아닌 상대방의 목소리 상태에도 금세 불안해지고, 상대방의 눈과 마주치는 것만으로도 심장이 쿵쾅거리곤 한다. 난 정말 못하겠다. 도망치고 싶을 정도로 못하겠다.

지금을 살아가길 원한다는 말을 들어도, '지금'이라는 실감이 나질 않는다. 지금 여기서 시노하라와 이야기를 나누고 있는 지금.

"창문 좀 열어도 될까?"

더 이상은 견딜 수가 없어 자리에서 일어선다. 창문을 열자 갑자기 기다렸다는 듯 찬바람이 후욱 하고 들어와 몸이 더 움츠러들었다. 예상보다 가을은 더 깊어 있었다. 언제나 그렇다. 현실은 예상보다 조금 더 앞서 나가 있다.

"지금이 시월이던가?"

뒤를 돌아보며 묻자,

"그것도 몰랐어요?"

라며 시노하라가 이상하다는 듯 눈을 크게 떴다.

"몇 년도인지도 실은 잘 몰라."

나의 고백에 그녀는 키득키득 웃었다.

시월이란 이렇게 하늘이 파란 거였나? 이렇게 바람이 기분 좋은 거였나? 혹시 이 푸른 하늘이 '지금'인 걸까? 기분 좋은 바람이 '지금'인 걸까?

"어떻게 된 거야?"

뒤를 돌아보니 현관에서 부엌으로 이어지는 문 쪽에 여동생이 호들갑을 떨며 양손을 입에 갖다 대고 서 있었다.

내가 스스로 창문을 열었다는 것과, 카메라가 테이블 위에 놓여져 있다는 것, 그리고 시노하라와 웃으며 이야기를 나누고 있다는 것. 동생은 무엇부터 먼저 물어야 좋을지 모르겠다는 표정으로 우리를 번갈아 쳐다보았다.

이 놀라움도 분명 지금이다. 지금은 바람이고, 지금은 웃음이고, 눈물이고, 기쁨이고, 슬픔이고, 놀람이다.

"주먹밥 있어."

시노하라가 동생에게 권한다.

"응, 고마워."

동생은 흥분이 가라앉지 않은 듯했다. 의자에 앉지도 않은 채 주먹밥 하나를 손에 들고 먹기 시작한다. 그러고 보니 나도 배가 고팠다.

한입 베어 문다.

"맛있다!"

아, 하고 생각한다. 맛있는 것도 '지금'이다. 언젠가 지금이라는 시간이 흘러가서, 앞으로 우리 셋이 어떻게 되든 간에 맛있는 건 '지금'이다. 얼마 안 있어 여러 가지 기억에 뒤섞일지라도 떠올릴 때는 언제나 '지금'인 것이다.

"고마워!"

나는 주먹밥을 보며 고개를 숙인다. 시노하라에게도, 여동생에게도, 얼굴을 마주하고 고맙다는 말을 할 용기는 아직 없다. 그대로 말없이 주먹밥을 먹었다.

"맛있다고 하니까 생각난 건데……."

여동생이 두 개째의 주먹밥으로 손을 뻗었다.

"하라이라고 하는 레스토랑이 엄청 맛있대."

"아, 나도 들어본 적 있어. 하라이."

"응, 예전부터 계속 가보고 싶었는데."

여동생은 나를 쳐다보며 말했다.

"오빠, 가보지 않을래? 셋이서."

시노하라도 나를 보고 있었다.

"나, 나는 됐어."

나도 모르게 비디오카메라가 어디 있는지 찾았다.

"카메라 가져가면 되잖아. 가게 사람이 싫어해도 찍으면서 먹으면 되지."

그럴 수는 없다. 몇 년 만의 외출이다. 밖에 나가는 것뿐만 아니라 레스토랑에 가는 거다. 가능하면 카메라는 두고 가고 싶다. 아니, 정말 갈 건가? 나는 갈 생각인가?

"음" 하고 마음으로는 어린아이 같은 내가 고개를 끄덕이고 있다.

무리할 필요는 없다. 카메라도 그냥 안심하기 위해서 가지고 가는 정도라면 괜찮을지 모른다. 오랜만의 외출에 비디오카메라까지 손에 없으면 너무 불안하잖아.

그날이 오기 전에 넘어야 할 산이 많다. 일단은 길게 자란 머리를 자르러 가야겠지. 머리뿐만 아니라 키도 많이 자랐다. 레스토랑에 입고 갈 만한 옷도 없다.

"복잡하게 생각할 것 없어."

여동생은 아직 결정을 못 내리고 있는 시노하라를 설득하는 중이다. 시노하라도 한동안 남들 앞에 서지 않았던 것이다. 내가 쳐다보고 있다는 걸 눈치챈 시노하라는 "어떻게 할 거예요?"라고 물어왔다.

내가 레스토랑에서 식사하는 모습은 상상할 수도 없지만, 시노하라가 먹는 모습은 보고 싶다는 생각이 들었다.

"가자."

'지금을 맛보러 가자'라고 생각했지만 어쩐지 폼을 너무 잡는 것 같아서 말로 옮기지 못했다.

"조금 더 생각하게 해줘."

시노하라가 그렇게 말하자 여동생은 고개를 끄덕인다.

천천히 생각해도 된다. 나도 그 사이에 재활훈련을 해야지. 우선은 현관에서 밖으로 나가보고, 다음은 편의점에, 그 다음은 도서관, 이런 식으로 범위를 넓혀 가는 게 좋을 것이다.

시노하라는 핸드폰으로 달력을 보고 있다.

"갈 거면 이달 중이 좋겠지. 결심이 흔들리기 전에."

"서두르지 않아도 돼. 이번 달이 힘들면 다음달, 다음달도 안 되겠으면 그 다음 달. 천천히 가자."

하루카의 말에 귀를 기울이는 것 같던 시노하라가 갑자기 고개를 번쩍 들며 말했다.

"이달 말을 목표로 하자. 31일은 어때?"

31일이라면 앞으로 보름 정도 남았다. 그때까지 비디오카메라를 완전히 내려놓을 수 있을까? 시노하라가 가발을 쓰고 가더라도 동생과 나는 아무 상관없듯, 나 역시 카메라를 들고 있는 나 자신을 받아들일 것이다. 손에서 카메라를 놓지 못하더라도, 살아갈 수 있다면 그걸로 충분하다는 생각이 든다.

"그럼, 31일 여섯 시."

"여섯 시는 좀 이르지 않아?"

"하지만 우리는 열 시엔 자야 하는 규칙이 있으니까."

내가 말하자 하루카도 시노하라도 살며시 웃었다. 나는 순간 카메라로 손을 뻗는다.

'지금'이다. 이 웃는 얼굴을 카메라에 담아 두고 싶다.

예약 3

나이를 먹어서 안 좋았던 일은 하나도 없다. 팔팔했던 시절의 몸과는 다르지만, 변화는 아주 조금씩 진행되기 때문에 그 사이에 충분히 익숙해질 수 있었다. 얼굴과 목, 손 등에 주름이 생기는 것 역시 원래부터 그렇게 미인은 아니었으니 큰 데미지도 없다.

오히려 젊은 시절의 쓸데없는 초조함과 허영, 들뜬 기분에서 해방되어 훨씬 살기 편해졌다. 유행을 신경 쓰지 않아도 되고, 이제 와서 뭔가를 이루려고 애쓰지 않아도 된다.

단지 딱 하나 불쾌한 게 있다면 바로 그 질문이다.

— 최근 뉴스는 뭐가 있습니까?

‘장난치나?’ 하는 생각이 든다. ‘왜 이러지?’ 하는 생각이 든다. 아무 일도 아닌 듯 묻고 있지만, 실은 피부 안쪽으로 긴장감이 뻗어 나가고 있다는 것을 알 수 있다. 요지는 가엾게도 웃으려 애쓰지만, 입꼬리가 올라가지 못하고 가늘게 떨리곤 한다. 그렇게 긴장할 거라면 굳이 묻지 않아도 되는데. 나의 뉴스 따위 아무도 알고 싶어 하지 않을 텐데.

가까이에 사는 아들 요지는 종종 놀러 와 쓸데없는 이야기를 하거나, 차를 마시거나, 거실에서 텔레비전을 보곤 한다.

“너 그렇게 빈둥대지 말고 빨리 집에 가서 타카시랑 놀아주렴. 평소엔 퇴근이 늦잖니. 쉬는 날엔 같이 캐치볼이라도 하며 놀아줘.”

절반은 아들을 위한 그리고 절반은 나를 위한 충고다. 아무리 나이를 먹어도 주부는 한가하지 않다. 주부에게는 정년도 일요일도 없다. 저렇게 계속 텔레비전을 보고 있으면 청소기를 돌리기도 힘들다.

“엄마.”

요지가 소파에서 뒤를 돌아본다. 내 손에 들려 있는 청소기 쪽으로 살짝 시선을 떨어뜨리더니 웃는 얼굴로 말한다.

“청소기는 좀 전에 돌렸잖아.”

“어머나!”

그랬던가?

“텔레비전 뒤쪽을 깜빡했어. 자, 자, 어서 비켜.”

요지는 웃는 얼굴로 내게 다가온다.

“게다가 타카시는 이제 내가 놀아줄 나이가 아니야.”

어, 라고 말을 하려다가 삼켜 버린다. 나이를 먹으면 여러 가지 것들을 얼버무리는 데 익숙해진다. 요지의 아들 타카시의 포동포동한 뺨을 떠올리자 초등학교 입학할 때 책가방을 사줬던 기억이 난다. 그건 타카시가 아니었던가? 검정색 가방이었으니 아카리 것이 아니었다는 것만은 확실하다.

아아, 안되겠다. 왼쪽 귀 위쪽 언저리가 아프다. 요즘 자주 편두통이 있다.

“타카시는 오늘 학교에 갔어. 동아리 활동이 있어서.”

요지의 말투는 온화하다. 내 손에서 살짝 청소기를 빼앗아 화장실 옆 다용도실에 치워둔다.

“무슨 동아리라 했지?”

“산악부야.”

산악부. 그 포동포동하고 보드라웠던 타카시가 울퉁불퉁한 산에 올라가다니. 쉽사리 믿어지지 않지만 점차 두통이 심해진다.

소파에 앉아서 왼손으로 왼쪽 관자놀이를 눌렀다.

"엄마, 괜찮아?"

요지가 다가와서 걱정스러운 듯 묻는다.

"괜찮아. 이러고 있으면 금방 가라앉으니까."

"차라도 내올까?"

나는 조용히 고개를 흔든다. 다정한 아들이다. 이상하리만치 다정한 아들. 나의 아들은 정말로 이렇게 다정했던가?

요지는 무료한 듯 테이블 위의 귤을 한 개 집었다가 먹지는 않고 그것을 다시 소쿠리에 넣는다. 그러고는 뭐가 생각난 듯 나를 쳐다보았다. 올 것이 왔구나, 라고 생각했다.

"엄마, 최근에 뭐 달라진 거 있어?"

요즘 타카시는 그런 것을 자주 묻는다. 아아, 타카시가 아니다, 요지다. 이 아이의 웃는 얼굴은 억지스럽고, 입꼬리는 올라가도 눈은 웃고 있지 않아서 무섭다.

"물어볼 줄 알았어."

나는 말했다.

"올해도 카프(히로시마 도요 카프. 일본 프로야구 구단-옮긴이)에 좋은 신인이 들어오더구나."

"오오, 신인 드래프트, 봤구나."

"당연하지."

나는 입을 다물었다. 순간 나와 요지 사이에는 시간이 갑자기 멈추어 버린 듯한 침묵이 흘렀다.

"올해의 1위 지명은 누구였지?"

역시, 이것도 물어볼 줄 알았다. 요지, 어째서 너는 그런 바보 같은 질문만 하는 거니?

"엄마를 시험하는 건 품위 없는 짓이야."

침착하게 요지의 눈을 보며 타이르듯 말했다. 가엾은 요지는 아무 말도 하지 못했다. 애써 유지하고 있던 미소 띤 얼굴이 일그러지더니, 심각했던, 중학생 때의, 사춘기 한가운데에 있었던, 언제나 화가 난 듯한 얼굴을 하고 있던 그 시절의 요지가 눈앞에 나타났다.

그 시절 나는 어른이 되어가는 과정 중에 있는 아들에게 어떤 말을 걸면 좋을지 몰라 아무 말도 하지 못했다. 요지 역시 부모에게 할 말을 찾지 못하는 것 같았고, 남편도 말이 없는 사람이었기 때문에 우리 집은 너무나도 조용했다. 조용한 식탁 위에 나는 부지런히 밥과 반찬을 올려놓았다.

그로부터 몇 년이 지난 걸까?

뭔가가 내 몸 안을 폭포처럼 흘러가는 느낌이 들어 소파에 앉은 채로 눈을 감았다. 시간이다. 몇 년이나, 몇 십 년이나 되는 시간이 내 몸을 통과해 갔다.

갑자기 나는 모든 것을 이해했다. 요지에게는 타카시라고 하는 아들과, 아카리라고 하는 딸이 있다. 타카시는, 그렇다, 이제 대학생이다. 등산에 푹 빠져 얼굴도 몸도 언제나 새까맣게 그을려 있다.

"아카리는 미술부지?"

내 말이 갑작스러워서인지 요지는 약간 놀란 얼굴을 했지만 이내 고개를 끄덕였다.

"맞아. 엄마를 닮아서 그림을 좋아해. 매일 그림을 그리니까 항상 머리카락에 물감을 묻히고 다니잖아."

요지가 온화하게 웃었다.

"고마워."

나도 미소를 지어 보였다.

"난 괜찮아. 제대로 돌아온 거지?"

응, 하고 요지는 목소리는 내지 않고 고개만 끄덕였다.

"그럼, 나 갈게."

요지는 다시 억지로 만들어낸 듯한 서툰 웃음을 지어 보이며 손을 흔들었다.

현관까지 배웅을 나가려는 나를 요지가 말렸다.

"됐어, 아직 두통도 가라앉지 않았잖아. 웬만하면 누워 있어. 걱정되니까."

하라이에 가보고 싶다는 말을 꺼낸 것은 아카리였다.

"하라이라고 하는 엄청 맛있는 레스토랑이 있는데, 거긴 애들끼리만 가면 안 들여보내 준대."

"가족끼리 가면 되겠네."

아카리는 가만 있더니 테이블을 사이에 두고 앉아 있던 몸을 갑자기 내 쪽으로 가까이 내밀었다.

"말하지 말아줘."

"뭘?"

"그러니까, 말하지 말아줬으면 좋겠다고."

그 말투에는 비밀을 숨기고 있는 긴장감보다 기쁨으로 들떠 있는 기색이 있었다.

"있잖아, 할머니. 나 소개해 주고 싶은 사람이 있어."

"어머나!"

입가에 절로 미소가 번졌다.

하라이에 가고 싶다는 건 핑계였나? 레스토랑에조차 맘대로 못 들어가는 어린아이 주제에 소개해 주고 싶은 사람이 있다니.

"엄청 느낌이 좋아."

아카리가 기뻐하니 나도 덩달아 기분이 좋아졌다.

"같은 고등학교 다니는 아이니?"

"어, 아, 그렇긴 한데 지금 내가 말하는 건 하라이란 가게야. 엄청 느낌이 좋거든."

"물론 그렇지."

말하고 나서 아차했다. 아카리도 조금 놀란 얼굴이었다.

"할머니, 하라이를 알고 있구나."

알고 있다. 모른다. 아니, 알고 있다. 하지만, 모른다.

"괜찮아? 할머니, 왜 그래?"

관자놀이를 누르며 아무 말이 없는 나를 걱정스럽게 들여다보고 있는 아카리의 맑고 탱탱한 피부, 들뜬 목소리, 새까만 눈동자.

그랬다. 옛날에는 나도 이런 피부와 목소리와 눈동자를 가지고 있었다. 그것이 당연하다고 생각했다. 나는 젊었고, 그 사람을 좋아했고, 그 사람도 나를 사랑해 주었다.

"아빠는?"

갑자기 고개를 든 나를 의아해 하면서 아카리는 좀 전의 자기 자리로 천천히 몸을 옮겼다.

"아빠 오늘은 안 와. 아직 회사에 있지 않을까? 학교에서 돌아오는 길에 잠깐 들른 거야."

아카리의 말은 용의주도하다. 그 신중함에 조금 짜증이 났다.

"안 오는 게 아니라, 아빠는 처음부터 이 집 사람이잖니."

그렇게 말하자마자 두통이 눈 깊은 곳까지 쿡쿡 쑤시는 듯했다.

아빠.

누구지? 내가 아빠라고 부르는 사람은 누구지?

"할머니, 괜찮아? 엄마 부를까?"

간신히 고개를 옆으로 흔들며 나는 테이블에 양 팔꿈치를 대고 손바닥으로 이마를 짚었다.

엄마? 엄마라니, 누굴까?

‘엄마’라고 불린 적이 있다. 지금도 불리고 있다. 그건 누구지?

“할머니, 있잖아. 할머니, 괜찮아?”

아주 가까이 다가온 이 어린 소녀. 내 곁에 꿇어앉아 등을 쓰다듬어 주고 있는 소녀.

“아카리?”

내 목소리에 소녀가 안심하며 방긋 웃는다.

“아아, 다행이다. 깜짝 놀랐잖아, 할머니. 갑자기 컨디션이 나빠진 줄 알고.”

그렇다, 나는 이 소녀의 할머니다. 이 소녀의 아버지의 어머니이다.

그런데 아직 남아 있다. ‘아빠’라고 말했을 때의 비강으로 빠져나가는 듯한 희미한 달콤함. 왜일까? 아빠에게 무슨 달콤함이 있다고 이러는 걸까?

“미안하다, 걱정시켜서. 이제 괜찮아.”

웃어 보이자 아카리는 그제야 안도한 듯 자리에서 일어선다.

“물 갖다 줄까?”

주방 쪽으로 가던 아카리가 발걸음을 멈췄다. 그러더니 망설이듯 뒤를 돌아보며 물었다.

"할머니, 최근에 뭐 새로운 뉴스 있어?"

기습 질문에 기분 나빴지만 애써 아무렇지 않은 척했다.

"손녀딸이 소개해 주고 싶은 사람이 있다며 고백했단다."

아카리는 쑥스러운 듯 뺨을 붉히며 웃었다.

"아빠."

손녀가 돌아간 후 거실에서 가만히 소리 내어 불러본다.

"아빠, 하라이래요."

아주 자연스럽게 이 말이 입에서 나왔다. 하라이.

아빠가 달콤한 냄새를 풍긴다면 하라이는 뭐랄까. 좀 더 윤곽이 흐릿한, 빛바랜, 하지만 확실히 감촉이 느껴지는 기억이다.

아빠. 아빠.

불러도 대답이 없는 게 이상하다. 아빠는 언제나 곁에 있을 텐데.

어째서 나는 가족들로부터 새로운 뉴스에 대한 질문을 받는 걸까? 그렇게 아무렇지도 않은 듯 사실은 긴장한 얼굴로. 그리고 어째서 난 제대로 대답할 수 없는 걸까?

머리가 아파왔다. 그러니까 나는 가능한 한 생각이란 걸 하지 않으려 한다. 뭔가 중요한 것을 잊은 듯한 기분이 들지만, 머리가 아플 때는 생각해 봤자 아무 소용없다. 그건 이미 경험으로 알고 있다.

아침에 눈을 뜨니 모든 것이 그대로였다. 완전히 원래대로 돌아온 느낌. 적당히 활기 있고 즐겁고 긍정적으로 하루를 시작하는, 의욕이 넘치는 아침. 기분 좋은 시작이다.

덧문을 열자 맑은 하늘, 신선한 아침 공기가 볼에 닿아 차갑다. 아아, 어쩐지 오랜만이다, 이렇게 기분 좋은 아침은. 이것만으로도 살아갈 가치가 있다는 생각이 든다.

머리가 맑아지고, 요즘 내내 뻐근했던 어깨도 오늘 아침은 기분 탓인지 가볍다. 날씨와 관계가 있다고 생각한다. 기압 때문인지도 모른다. 저기압일 때는 머릿속에 마치 안개가 자욱하게 낀 것 같다. 어깨도 더 묵지근하다. 오늘처럼 맑은 날에는 뭔가 좋은 일이 일어날 것같이 상쾌하다.

"아빠."

옆 침대에는 아무도 없다.

요즘 그 사람은 무척이나 일찍 일어난다. 먼저 일어나 신문을 읽고 있든지, 주방에서 커피를 끓이고 있는지도 모른다.

파자마 위에 가운만 걸치고 침실에서 나온다. 서쪽 창은 아직 어슴푸레하다. 이른 아침엔 아직 서늘하다. 계단을 내려가려는데 뭔지 모를 위화감이 엄습했다.

이 차가움은 뭘까. 이 계단 아래의 차디찬 공기. 인기척이 느껴지지 않는다.

나는 계단 손잡이를 붙잡고 한동안 꼼짝도 할 수 없었다. 원래대로가 아니다. 뭔가가 결정적으로 달라져 있다. 계단 아래에선 아무 소리도 나지 않는다. 그대로 계단 꼭대기에 천천히 주저앉는다. 무슨 일인가 일어나고 있다. 혹은 무슨 일인가 일어났다. 그랬다. 무슨 일인가가 확실히 일어나 버려서 나는 혼자 남겨졌다.

원래대로 돌아온 것 같은 좀 전의 기분은 그저 기분에 불과하다. 현실은 내 곁을 그냥 지나쳐 버린 듯하다.

"아빠."

언제나 그곳에 있던 사람의 이름을 불러본다. 결혼해서 나와 함께 이 집에서 몇 십 년이나 함께 살았던 사람.

"아빠."

아이가 태어나면서 서로를 누구 아빠, 누구 엄마라고 부르게 되면서 인연은 더욱 깊어졌다. 거기에 있어 주지 않으면 안 되는 사람. 그리고 이제 그곳에 없는 사람.

나는 계단 꼭대기에 앉아 오랜만에 맑아진 머리를 필사적으로 움직이려 애썼다. 이 희미한 슬픔. 애매한 고통.

남편은 아마도, 죽었다. 그리고 나는 그걸 받아들이지 못했다. 미칠 것 같은 슬픔과 고통에 몸부림치며 사실로부터 도망쳤다.

기억을 못하는 건 내가 발견한 도피처다. 찾아오는 망각과 혼돈에 나는 내 몸을 맡기고 말았다. 미치는 것보다, 죽어버리는 것보다 이게 낫다고 내 신체가 판단한 거겠지. 차라리 미쳐 버렸더라면, 죽어 버렸더라면 좋았을 텐데. 차라리 그 편이 나았다. 가끔 제정신이 될 때마다 나는 남편의 죽음을 떠올린다. 그걸 편안히 받아들일 수 있는 날이 올 것인가?

'일흔다섯'이라는 숫자가 불쑥 떠오른다. 그랬던가? 일흔다섯 살이었던가? 남편은 일흔다섯에 죽은 것 같다. 뇌출혈, 이라는 단어가 또 스쳐 지나간다. 그 사람, 남편, 아빠. 나는 당황하며 바라보기만 한다. 머릿속에서 단어들이 잘 연결되지 않는다.

계단 위에 주저앉은 채 움직일 수가 없다. 아무도 없는 거실로 내려갈 용기도 없고, 침실로 돌아갈 마음도 없었다.

발밑이 몹시 시렸다. 조금 전 침대에서 눈을 떴을 때는 그렇게 만족스러운 기분이었는데. 그 사람이 없다는 걸 잊고 있었는데.

이대로 계단에서 굴러 떨어져 버린다면 이제 잠에서 깨어날 일은 없을지 모른다. 그건 너무나 감미로운 유혹이지만, 나는 내가 결코 그런 짓을 하지 않을 거라는 걸 잘 알고 있다. 구르다가 계단 중간에서 멈춰 버리면 얼마나 비참할까? 아프기만 하고 죽지도 못한다면.

그런 걸 생각하니 무섭다. 죽는 것이 무섭다. 아픈 것도 싫다. 결국엔 죽고 싶지 않은 거다. 그러니까 도망을 친다. 누군가 지금 내 모습을 본다면 아마 꼴사나울 것이다. 그토록 사랑했던 남편이 죽어 혼자가 되고, 기억이 드문드문해졌는데도 아직 살고 싶다. 그 사람과의 기억을 소중히 품고 오래오래 살고 싶다. 치매에 걸리더라도, 몸이 말을 듣지 않아서 아들과 가족에게 폐를 끼치더라도, 곰곰 생각해 보니 나는 살고 싶다. 죽는 건 무섭다. 내가 없어지는 게, 그리고 내 안의 그 사람이 사라지는 게 괴롭다.

심한 몸살에 걸려 요지의 집에 누워 있다. 내 집이 가장 편하지만, 며느리는 날 혼자 지내게 할 수는 없다고 했다. "좋아지실 때까지 저희 집에 계세요. 괜찮으시면 계속 계셔도 좋아요”라고 말했다. “어머님이 여기 계시면 그이도 안심할 거예요”라며 요지에게 동의를 구했다. 참 좋은 사람이다.

나는 계단 위에 쓰러져 있었다고 한다. 전화도 받지 않고, 벨을 눌러도 대답이 없자 며느리가 여벌의 열쇠로 따고 들어와 나를 발견했다고 한다.

왜 그런 곳에 있었을까? 만약 발을 헛디뎌 계단에서 굴러 떨어지기라도 했으면 어땠을까 생각하니 무섭다. 무사해서 다행이다. 며느리가 발견해 주어 다행이다. 그러면서도 마음 한켠으로는, ‘아무도 모르게 계단에서 떨어져 죽었더라면 좋았을 텐데’ 하고 생각한다.

감기는 나았지만 계속해서 졸리다. 따뜻한 방에서 꾸벅꾸벅 졸다 보면 시간 가는 줄도 모르겠다. 5분만 자야지 했는데 반나절이 지나가 버리기도 하고, 꽤 오래 잔 것 같은데 실제로는 한 시간도 지나지 않은 때도 있다. 목도 마르지 않고, 배도 고프지 않다. 살아 있는 건지 죽은 건지 나도 잘 알 수 없게 되었다.

“다녀왔습니다.”
하는 인사에 이어 천천히 문이 열렸다.

“할머니, 일어났어?”

교복 차림의 아카리가 들어온다.

“할머니 방에 들어가기 전에 손부터 씻어.”

며느리의 말에 “씻었어”라고 아카리가 대답한다. 그러고는 내 머리맡에 앉았다.

“몸은 어때?”

“응, 나쁘지 않아.”

그러자 아카리는 몸을 앞으로 구부려 내 쪽으로 얼굴을 들이 대고 속삭였다.

“다 나으면 하라이에 가자.”

“하라이?”

되묻는 순간 얼굴이 어두워진다.

“혹시, 잊어버렸어?”

그렇게 말하더니 아카리는 자기가 한 말에 깜짝 놀라며 입을 다물었다.

“미안하다, 아카리. 잊어버린 것 같아.”

나는 웃었다.

“그렇게 신경 쓰지 않아도 된단다. 이제 계속 잊어갈 테니까.”

90

이렇게 말하는 건 싫지 않다. 아카리에게 잊었냐는 말을 듣는 것도 싫지 않다. 제일 싫은 건 오늘의 뉴스를 묻는 그 조심스러운 질문이다. 그것만은 제발 그만해 주었으면 좋겠다. 하지만 그렇게 말하기 전에 잊어버린다.

이제 몸이 많이 좋아졌으니 집에 가겠다고 했지만 조금만 더, 조금만 더, 그럼 주말까지만, 이라며 말리는 바람에 그대로 눌러앉아 버렸다.

누워 있기만 했던 것이 조금씩 움직일 수 있게 되고, 거실 소파에 앉아 있을 수 있게 되고, 마침내 간단한 식사 준비도 할 수 있게 되었다.

"괜찮아요, 어머니. 앉아 계세요."

며느리는 퇴근하고 돌아와 내가 차린 식탁을 보고 미안해 했지만, 사실 아무것도 하지 않고 가만히 앉아 있는 게 더 힘들었다.

"얘야, 너만 괜찮다면 저녁 준비 정도는 내가 할 수 있게 해주렴. 계속 아무것도 하지 않고 앉아만 있으면 바보가 될 것 같아."

가볍게 한 말인데 순간 며느리의 얼굴에 긴장감이 감돌았다. 바보란 말은 해서는 안 되나보다. 아무래도 나를 무척 신경 쓰고 있는 듯하다.

"뭐, 어머니만 괜찮으시다면 그렇게 하세요."

며느리는 이내 밝게 웃으며 말했다.

"이번 기회에 어머니표 특별요리를 전수받을까요?"

방실방실 웃으며 어리광을 부려 주는 것도 고마웠다.

비프 스튜, 롤 카베츠, 미모사 샐러드.

내가 잘하는 요리를 만들 때면 잠시나마 '원래대로'가 된다. 나도 알 수 있다. 몸이 기억하고 있다. 머리가 맑아지면서 생동감이 넘친다. 또 뭘 만들까?

어니언 그라탕, 미트 고로케, 살팀보카.

"살팀보카?"

돼지고기를 얇게 다져서 굽지 않은 햄을 끼워 만든 커틀릿이다. 원래는 햄으로 돼지고기를 말아 화이트 와인으로 찌는 것이던가? 어느 날 문득 이런 아이디어가 떠올라서 커틀릿 풍으로 만들어 보았더니 평이 좋았다. 그때부터 우리 집 살팀보카는 이런 형태가 되었다. 만들면 어김없이 환호성이 터져 나왔다. 번거롭기는 해도 가족의 웃는 얼굴은 요리 만드는 데 들인 수고를 일시에 잊게 할 정도로 행복했다. 섬광처럼 뇌리에 떠올랐다가 순식간에 사라진다. 이제는 생각나지 않는, 그 시절 내 곁에 있었던 웃는 얼굴. 하지만 느낄 수 있다. 수고와 시간을 들여 음식을 만들 수 있어 행복했다는 것을.

"그렇구나, 이걸 살팀보카라고 하는구나."

이제 와서 새삼 감동했다는 듯 요지가 고개를 끄덕였다.

"어머니, 전 스카치 에그(삶은 달걀을 다진 고기로 싸서 빵가루를 묻힌 뒤 튀겨서 차게 먹는 것-편집자)를 태어나서 처음 먹어봐요"

똑바로 4등분해서 자른 스카치 에그 한 조각을 입에 가득 넣고 며느리가 말했다.

"토마토 소스가 아주 절묘해요. 튀긴 건데도 상큼하고 너무 맛있어요."

"잘됐구나. 스카치 에그는 만들기도 쉽고, 잘랐을 때 모양도 예뻐 가끔 만들면 다들 좋아한단다."

그렇게 말하는데 문득 요지가 일식을 좋아했다는 생각이 떠오른다. 그 아이는 왠지 어릴 때부터 토란조림과 우엉 그런 것들을 좋아했다.

그런데 나는 왜 일부러 양식을 계속 만들었던 걸까? 그 사람이다. 그 사람이 좋아했기 때문이다.

젓가락을 내려놓는 나를 보고 아카리가 걱정스러운 표정을 지었다.

"할머니, 괜찮아? 몸이 안 좋아?"

나는 가만히 고개를 흔든다.

몸 상태는 나쁘지 않다. 아마 이게 내 평균일 것이다. 그보다 나는 누군가 소중한 사람을 기억해 내지 못하고 있다. 나에게는, 누군가가 부족하다.

괜찮지 않다. 전혀 무방하지 않다. 앞으로도 계속 이런 상태로 있을 거라 생각하니 도저히 참을 수 없다.

갑자기 후후 하고 웃었더니 테이블 건너편에서 아카리가 아기 같은 미소를 짓는다. 아마 내가 웃을 정도로 기분이 좋다고 생각하는 모양이다.

그렇다, 나는 웃었다. '앞으로도 계속'이라니 너무 뻔뻔해서 웃음이 났다. 나도 곧 여기서 사라질 것이다. 편안하게, 후회도 고민도 없이, 길고 고요한 잠을 자게 될 것이다.

"어머니, 앞으로도 계속 요리 가르쳐주세요. 저는 항상 똑같은 것만 만드는데, 집에서 이렇게 맛있는 요리를 만들 수 있다니 정말 좋아요."

며느리는 다른 사람을 칭찬하는 데 능숙하다. 초등학교에서 임시교사를 하고 있는데, 분명 학교에서도 좋은 선생님일 게다. 요지가 이렇게 좋은 사람과 결혼해서 다행이다. 요지와 아카리, 착한 아이들이 내 곁에 있어 다행이다.

나도 멋지게 세대교체를 할 수 있어 다행이다. 이제 내 손에서 바통이 떠나가려 하고 있다. 이 바통을 그 사람과 둘이서 건넨다. 지금은 여기에 없는, 얼굴도 생각나지 않는, 내 소중한 사람.

"하라이라고 기억하고 있니?"

갑작스런 질문에 테이블을 둘러싼 가족의 시선이 나에게 집중된다. 단 한 사람, 아카리만이 놀라서 눈을 동그랗게 뜨고 있다.

"비밀로 하기로 해놓구선."

나는 모르는 척했다.

"유감이지만, 잘 기억이 나지 않는구나. 그렇지만 아주 중요한 이름이 아닐까 해. 몇 번이나, 몇 번이나 머릿속에서 그 이름이 메아리치는 걸 보면. 누군지 아주 소중한 사람의 목소리로."

"엄마" 하고 요지가 온화하게 나를 부른다.

"엄마, 그건 분명 아버지의 목소리일 거야. 하라이는 아버지에게 추억의 레스토랑이니까."

"내가 아버지랑 같이 그곳에 갔었니?"

요지는 조용히 고개를 흔들었다.

"갔으면 좋았을 텐데. 집에서 그렇게 멀지도 않았고, 간다고 큰
일 나는 것도 아니었는데."

그랬을 텐데 왜일까? 왜 가지 않았는지, 그리고 가지 않아서
어떻게 되었는지 나는 모른다.

"아버지에게 있어서 하라이는 추억의 레스토랑이었어. 엄마는
아마 그걸 질투했던 것 같아."

요지가 곤란한 듯한 웃음을 지으며 계속 말했다.

"엄마가 그렇게 열심히 양식을 만들었던 건 하라이보다 맛있다
는 말을 아버지에게서 듣고 싶었기 때문이 아닐까 싶어. 아닌가?"

남편뿐만 아니라 마치 나 자신마저 사라진 것처럼 지금은 대
답할 수 없는 질문이다.

정작 놀란 건 아카리였다. 하라이에 그런 사연이 있을 줄이야
생각지도 못했겠지. 하지만 할머니에게 누군가를 소개시켜 주기
위해 고른 레스토랑이 그런 사연이 있는 곳이라니, 이 아이는 앞
으로도 좋은 안목을 지닐 것 같다.

"하라이에 대해 얘기해 주렴."

내 말에 아카리는 입만 뻐끔뻐끔했다. 아직 가족에게 말하지 않은 것일까? '비, 밀'이라고 입 모양으로 말하고 있다.

"그럼, 요지. 하라이에 대해 얘기해 주겠니?"

요지는 살팀보카의 마지막 한 조각을 입에 넣은 채 고개를 끄덕였다.

아버지는 학창시절에 일본 전국을 돌며 혼자 여행을 다녔어. 백패커가 뭔지 아니, 타카시? 응, 그래. 아버지는, 아, 아니 아버지의 아버지는, 마음에 드는 마을이 있으면 혼자서 며칠씩 머물렀대. 날씨가 좋으면 노숙도 하고, 비가 오는 날에는 저렴한 숙소에 묵으며 여기저길 걸어다녔지.

그런데 어느 날 원인불명의 고열이 난 거야. 아버지 말에 의하면, 갑자기 열이 펄펄 끓었대. 그래서 일단 눈에 들어온 여관에 들어갔는데, 운 좋게 빈방이 있어 거기서 푹 쉴 수 있었대. 하룬가 이틀인가 푹 자고 일어나서 몸이 조금 회복된 것까지는 좋았는데, 거기는 음식이 나오지 않는 싸구려 여관이었던 거야. 배가 고픈 나머지 간신히 일어나 요기를 할 만한 식당을 찾아다녔지. 그땐 지금과 달리 편의점도 패밀리 레스토랑도 없었어.

처음에 눈에 들어온 건 한 레스토랑이었대.

아버지는 병상에서 막 일어났고, 게다가 긴 여행 중이어서 깔
끔한 모습과는 거리가 멀었어. 목욕도 며칠 하지 않았으니 냄새
도 났겠지. 레스토랑 안에 들여보내 주지 않을지도 모른다고 생
각했대. 그런데 너무 맛있는 냄새가 풍겨서 도저히 그냥 지나칠
수가 없었다는 거야.

그 레스토랑에 들어간 아버지를 다행히 직원은 붙잡지 않았대.

배가 고파 눈앞이 핑핑 도는 지경에 아버지는 메뉴판을 봤대.
아마 비쌌던 거 같아. 눈알이 튀어나올 정도는 아니지만, 돈을 거
의 쓰지 않고 여행을 하는 형편이었으니 비싸다고 느꼈을 거야.
망설인 끝에 아버지는 결국 수프만 주문했대.

요지의 말을 듣는 동안 두통이 더 심해졌다. 어쩐지 평소보다
더 심한 것 같았다. 왼쪽 관자놀이 윗부분이 지끈지끈 아프다. 요
지의 이야기는 처음 듣는 이야기인 것 같기도 하고, 잘 알고 있
는 이야기인 것 같기도 하고, 레스토랑에서 달랑 수프 하나를 주
문한 사람에 대한 얘기는 알고 있었던 것 같기도 하고 모르는 것
같기도 하고, 뭔가 불안감이 가슴속에서 흔들흔들 출렁였다.

'최근 어떤 뉴스가 있었습니까?'

식사 준비를 하려고 주방에서 병따개를 찾다가 나는 발견하고 말았다. 여러 개의 고무줄로 잘 고정되어 있는 클립 아래의 신문 스크랩. 거기 맨 위에는 치매의 단계를 확인하려면 최근 뉴스에 대해 묻는 게 좋다고 쓰여 있었다. 뉴스에 관심이 없는 것도 요주의이며, 예전 뉴스를 최근 뉴스처럼 말하는 것도 문제고, 아무것도 떠올리지 못하는 것 역시 위험하다는 것이었다. 치매 관련 신문기사를 읽으며 나는 '어차피 이것도 곧 잊을 텐데'라며 스스로를 타일렀다.

잊고 싶은 것과 잊어서는 안 되는 것이 이리저리 뒤섞여 내 안에 가득 차 있다. 가득 차 있으니 어느 순간 얼떨결에 튀어나올지도 모른다. 하지만 그때까지 마냥 기다릴 순 없다. 나에게는 시간이 많지 않다.

"요지, 아빠가 주문한 수프는 뭐였니?"

물으면서, 그 대답은 내가 이미 알고 있다고 생각했다.

"콘소메 수프."

역시 요지보다 내가 먼저 대답했다.

결혼하고 처음으로 콘소메 수프를 만들어 식탁 위에 올렸을

때 남편은 "이건 콘소메 수프가 아니야"라고 말했다. "진짜 콘소
메 수프는 엄청 맛있어"라며.

나는 내 것보다 엄청 맛있다는 레스토랑의 콘소메 수프가 미
웠다. 남편은 그 레스토랑에 나를 데려가려고 몇 번이나 함께 가
자고 권했다. 너무나도 맛있는 그 수프를 잊을 수 없어 레스토랑
근처로 이사를 와버렸을 정도였다. 그런데 나는 정말로 맛있는
곳이라며 신이 나서 말하던 남편의 그 말투조차 마뜩치 않았다.

내가 거부한 탓에 남편은 그 레스토랑에 다시는 가지 못했을
까? 아니면 내게는 비밀로 하고 혼자서 그곳을 찾곤 했을까?

그 이름은 하라이. 몇십 년 전에 쇠약해진 내 남편을 맞이해 주
었던 레스토랑. 한 그릇의 수프로 남편을 매료시켰다. 나도 따라
갈 걸 그랬다. 하라이에서 콘소메 수프를 먹었다면 좋았을 텐데
난 왜 그렇게 고집을 부렸던 걸까?

남편과 공유할 수 있는 행복한 체험을 나는 놓치고 말았다. 후
회가 넘실넘실 파도처럼 밀려든다.

"아카리, 미안하지만……."

관자놀이를 누르면서 입을 열었다.

"하라이에 예약 좀 해 주겠니?"

"할머니, 괜찮아? 언제 누구랑 갈 건데?"

조심스러운 목소리로 손녀가 물었다. 저 아이는 무얼 그리 조심스러워하는 걸까?

"아, 그래. 할아버지 생신으로 하자. 10월 31일. 6시쯤이면 되려나?"

"할머니, 혹시 머리 아파?"

점점 더 조심스러워지는 목소리를 들으니 신경이 쓰인다. 머리는 심하게 아프지만, 그것뿐이다.

"괜찮아."

"그럼, 어떻게 할까? 우리 가족 다 같이 갈까?"

아카리, 너는 아직 어려서 잘 모를 거야.

"하라이는 특별한 레스토랑이란다. 할아버지랑 단 둘이 갈래."

나의 선언에 식탁 앞의 얼굴들이 모두 숨을 삼켰다.

고대하던 외출을 한다. 나이를 먹어서 좋지 않은 일은 하나도 없다. 그저 약간의 두통이 생겼다는 것 정도. 아, 드디어 가는구나. 남편 생일에 그와 함께 하라이에 가는구나.

예약 4

하얀 마치(닛산 소형차-옮긴이)가 세워져 있는 걸 본 건 어제 퇴근 길이었다. 옆집 앞쪽의 전봇대에 닿을 듯 말 듯 구형 마치 한 대 가 세워져 있었다.

그 순간 발걸음이 멈춰 섰다. 아침에는 분명 없었다. 오늘 돌 아온 것일까? 멈췄던 발걸음을 다시 움직여 집으로 향했다. 밤새 사라지진 않겠지.

아침까지 저 차가 있다 해도 나는 하릴없이 출근이나 해야겠지.

야근수당은 없다. 그게 이렇게 큰 영향을 끼칠 줄은 생각도 하지 못했다. 어쩌다 보니 야근을 최대한 줄인 동료들의 몫까지 업무 뒤치다꺼리를 떠맡게 되었다. '떠맡았다'라는 표현은 맞지 않을지도 모른다. '동료'라는 표현도 맞지 않다. 야근수당이 없어짐과 동시에, 왜 그런지 동료들 중 여자인 나 혼자만 계장으로 승진했다.

이거 큰일이다 싶었다. 직함에 '장'이 붙은 이상 야근을 빼먹고 남들처럼 도망갈 수도 없는 노릇이다. 게다가 이름뿐인 관리직 수당이 붙는다. 이렇게 한 명만 관리직에 앉히는 방식으로 이제까지 얼마나 많은 사원들 사이에 균열이 생겼는지 인사부도 모르지는 않을 것이다.

"다시 말해, 뒤치다꺼리 요원!"

히로유키가 웃는다. 퇴근 후 만나기로 한 카페에서 맥주를 마시면서 기다려 주었다. 뒤치다꺼리 요원이란 말이 정답일지 모른다. 하지만 그걸 확인받아 보았자 편해지는 건 아무것도 없다.

아무도 도와주지 않는다. 잘 알고 있다. 나 또한 아무도 도울 수 없다. 그저 약간의 다정한 말이라도 건네주면 좋을 텐데.

"힘들겠다고 말해 주길 원하는 거야?"

맞은편 자리에서 그가 밝은 목소리로 물었다.

나는 고개를 옆으로 흔든다. 그러고 보니 이 사람이 과장으로 승진한 뒤 얼마간 쿨한 척하며 악전고투하고 있을 때, 나 역시 아무 말도 해주지 않았다. "힘들지"라고 해주었더라도 좋았을 걸. 아랫사람이 해주는 말과 윗사람이 해주는 말은 전해지는 느낌이 다를 것이다.

"괜찮아. 그렇게 힘들지 않아."

내가 이렇게 말하자 히로유키는 재미있다는 듯이 웃었다.

"이래서 니가 동기들 중에 제일 먼저 계장이 된 거로구나."

"힘들어요, 라고 말하는 쪽이 더 귀엽지 않아?"

히로키는 내 말에는 대답하지 않고 "밥 먹으러 가자"라며 주문을 받으러 오는 웨이터를 손짓으로 막고 자리에서 일어섰다. 그리고는 조금은 잘난 체하는 얼굴로 내 쪽을 돌아본다.

"이럴 때는 하라이야."

'그때 그의 웃는 얼굴은 그토록 상쾌했는데' 하고 생각하는데 입에서 이상한 소리가 나온다.

"아-아-아-."

아무에게도 도달하지 않고, 바닥으로 떨어진 내 목소리가 나를 구해 준다. "아– 아– 아–"라고 소리를 내면서 내 귀를 막고 사고(思考)를 중단시킨다. 싫은 일은 잊어버리고 되도록 생각하지 않으려 한다.

히로유키는 결국, "아–아–아– ", 야근을 하지 않고 퇴근하는 동료들 중, "아–아–아–", 가장 사랑스럽고 가장 요령이 좋았던 아이와, "아–아–아– ", "아–아–아–."

"계장이라는 직함 자체가 어쩐지 아저씨 같지 않아요?"

웃으면서 그런 말을 할 수 있는 아이였다.

─맞아, 아저씨 같아.

─아저씨 같아도 거절할 수가 없네요. 일이니까.

─억울하면 너도 계장하던가.

어떻게 대답해야 좋았을까. 못 들은 척하는 게 좋았으려나? 지금도 잘 모르겠다. 그걸 모를 정도니까 히로유키와도 잘 안 됐던 걸까?

"아–아–아–."

내 작은 목소리들이 바닥에 떨어졌다가 바람에 날려 어딘가로 굴러가 쌓인다. 나는 그걸 발로 차기도 하고, 때로는 꾹꾹 짓밟으며 걷는다.

거실로 내려가자 엄마는 막 외출하려던 참이었다.

"어머, 정장? 너도 출근하니?"

"응. 저녁때 들어올 거야."

"나 원, 이름만 계장으로 승진하면 뭐하니? 조금 편해지려나 했더니 허구한 날 야근에, 이젠 토요일까지 출근하는 거야?"

대충 고개를 끄덕이고 주방으로 들어가려는데 엄마가 뒤를 돌아보았다.

"돌아온 것 같더라."

그 순간 집 앞의 구형 마치가 뇌리를 스쳤다. "누가?"라고 물을 것까지도 없었다.

"요짱. 또 다툰 것 같더라. 여기까지 목소리가 다 들리지 뭐니."

또 일을 그만두고 훌쩍 돌아온 건가? 질리지도 않나보다.

"그럼, 엄마 갔다 올게."

"다녀오세요."

냉장고를 열어 보았지만, 츠케모노(채소를 소금, 된장, 식초 등으로 절인 음식-옮긴이)와 츠쿠다니(해산물, 채소 등을 설탕과 간장 등에 조린 음식-옮긴이), 달걀, 거기다 하나 남은 한펜(다진 생선살을 네모나 반달 모양으로 만든 어묵 종류-옮긴이)뿐이었다. 그 외에는 아무것도 없었다.

유아원 건너편에 있는 편의점에서 음료수나 하나 사서 허기를 달래며 회사에 가야겠다고 생각했다.

그나저나 요짱 여전하구나. 오랜만에 돌아왔나 했더니, 오자마자 가족들과 다투기나 하고. 그런 생각을 하자 나도 모르게 웃음이 번졌다. 요짱. 평소에는 잘 생각나지도 않았는데, 오랜만에 그 이름을 부르자 그것만으로도 가슴이 조금 따뜻해졌다.

물만 마시고 나가야겠다. 정수기 물을 따르면서, 필터를 오래 갈지 않았다는 걸 어제에 이어 또 생각한다. 이미 정수 기능은 상실된 게 아닐까 싶지만, 제품번호를 보고 필터를 사러 가야 하는 일이 도무지 귀찮다. 어디로 사러 가야 하는지도 모르겠다. 그래도 일단 정수기는 달려 있으니까, 모양은 제대로 갖춰져 있으니까 괜찮을 거라 믿고 싶다. 그 이상의 것을 생각할 여유가 지금 내게는 없다.

낡은 펌프스(고리나 끈, 잠금 장치 등이 없고 발등 부분이 드러나게 깊이 파여 있는 여성용 구두-편집자)를 신고 집을 나선다.

흰색 마치는 예상대로 아직 서 있다. 요짱의 차다. 벌써 3, 4년이 지났다. 전에 돌아왔을 때도 한참을 있었는데, 그 기간 내내 노상주차를 했다. 이렇게 좁은 골목길을 빠져 나갈 차는 거의 없으니 아무도 신경 쓰지 않았을 것이다.

그 흰색 마치 옆을 지나 역으로 향한다. 어제 다퉜다고는 하나 지금은 조용하다. 혹시 아직 자고 있는 걸까? 그렇게 생각하자, 이대로 가는 게 뭔가 아쉬웠다. 나도 여전해, 요짱.

오늘은 토요일인데도 출근을 한다. 일이 끝이 없다. 계장이 되면서 업무량은 더 늘었고, 충일감은커녕 남들 뒤치다꺼리나 한다는 언짢은 기분과 피로감은 계속 쌓여만 간다. 휴일 근무수당은 물론 야근수당도 없다 생각하면 피로의 무게감은 더해 간다. 이래서야 계장 실격이다.

그렇다. 전에 요짱이 돌아왔을 때 왜 마치를 타느냐고 물은 적이 있다. 소박한 의문이었다. 개조해서 붕, 붕, 굉음을 내며 달리는 것을 좋아하는 요짱이 배기량 1000cc짜리 마치라니.

그러나 요짱은 그저 웃기만 했다. 옛날 같으면 기분 나빠했을 지도 모른다. 요짱은 어른이 되더니 둥글둥글해졌다. 여전히 삐쩍 마르고 꺽다리인 모습은 바뀌지 않았지만.

"하청 일을 하니까."

나지막이 중얼거리던 목소리가 아직까지 귓가에 맴돈다. 요짱은 말이 많지 않다. 마치를 만드는 회사의 하청 일을 맡아 한다는 소리인가 하고 생각했다. '어쩌면 하청의 하청 일을 하는 공장에 다니는 건지도 모른다. 그래서 연줄이 있다거나, 할인을 받을 수 있다거나 한 게 아닐까. 그렇지 않고서야 왜 마치 같은 소형차를, 하고 생각하다가 살며시 웃었다. 마치로 안전운전을 해주는 편이 내 입장에선 더 안심이긴 하다.

"요짱, 잘 나가는구나."

이제 예전의 요짱이 아니었다. 마치를 타고 그렇게 돌아왔다.

하지만 그 얼마 후 요짱은 또다시 사라져 버렸다. 하청 일은 일찌감치 그만둔 것 같았다.

요짱의 이름은 요시하루다. 우리 옆집에서 나보다 한 달 먼저 태어났다.

우리는 생후 반년이 지날 무렵부터 같은 유아원에 다녔고, 엄마 중의 한 명이 우리 둘을 데리고 갔다가 데리고 오곤 했다. 그리고 가끔 사정이 생기면 어느 한쪽 집에서 엄마를 기다렸다. 아마 초등학교 때까지의 인생에서 가장 오랫동안 함께 있었던 상대일 것이다. 함께 밥을 먹고, 함께 목욕을 하고, 함께 잠을 잤다.

그게 좋다거나 싫다거나 하는 감각 이전에 우린 남매같이 함께 뒹굴며 자랐다.

초등학교에 올라가서도 우린 같은 반이었다. 요짱은 '쿠스노키 요시하루'라는 남자아이가 되고, 나는 '카사하라 쿠미'라는 여자아이가 됐다. 성격도 성적도 특기도 좋아하는 것도 모두 달랐다. 그래도 학교에서 돌아오면 우린 요짱과 쿠미짱으로 돌아와 서로의 집을 오가며 놀았다. 반 아이들도 우리가 옆집에 사는 소꿉친구인 것을 알고 있었고, 아무 문제도 없었다.

정확히 꼬집어 말할 수는 없지만, 우리 사이에 어떤 위화감 같은 것이 생기기 시작한 것은 초등학교 5학년 때쯤이다. 그때 우리는 같은 반이 아니었다.

"쿠스노키랑 카사하라는 집에 가면 항상 함께 지낸대."

누구라 할 것도 없이 다들 수군거렸다.

그로 인해 우리 둘 사이가 변했다거나 하지는 않았다. 여전히 우리는 함께였다. 하지만 우리를 둘러싼 상황은 바뀌었다. 학교에서 돌아오면 둘이서 숙제를 하는 것이 정해진 일과였지만, 어느 날 내가 요짱네 집에 가는 걸 요짱네 반 남자아이들 여러 명이 보았다. 나를 보고 히죽거리며 웃어서 기분이 나빴다.

"이 부근에 2반 남자애들이 있어."

내가 알려줬지만 요짱은 아무 말도 하지 않았다. 나도 더 이상 아무 말도 하지 않았다. 하지만 속으로 이제 요짱 집에 그만 와야겠다고 생각했다.

요짱을 좋아한다거나 혹은 싫어한다거나 그런 건 생각해 본 적이 없다. 태어났을 때부터 늘 함께인 사람을 좋다 싫다 생각하는 게 이상한 일이었다. 요짱에게는 밋짱이라고 하는 형이 있는데, 그 둘은 맨날 싸움질이었다. 형제 중에는 좋고 싫고가 있는 건지도 모르겠다. 하지만 나는 외동딸이어서 그런 것에 대해서는 아무것도 모른다.

아무튼 나는 다음날부터 우리 집에서 혼자 숙제를 하고, 그 후에는 혼자 텔레비전을 보거나 책을 읽으며 시간을 보냈다. 요짱이 왜 그러냐고 물으면 뭐라고 설명할까 신경이 쓰일 때도 있었지만, 요짱은 아무 말도 없었다. 혹시 오래 전부터 나와 함께 있고 싶지 않았던 걸까? 아니, 그렇지는 않았을 거라고 생각한다. 정확히 말하자면 아마 내가 있든 말든 상관없었을 것이다. 좋지도 싫지도 않고, 있든 말든 상관없는 존재. 생각해 보면 요짱이 나를 좋아하는 것보다 내가 요짱을 조금 더 좋아했던 것 같다.

우리는 멀어졌다. 그 사실이 아프진 않았다. 자연스러운 일이었던 것 같다. 유아원 시절엔 이웃사촌끼리 워낙 사이가 좋아 엄마들끼리도 자주 놀러 다니고, 밤참을 나눠먹기도 했지만, 무엇 때문이었는지 점차 거리를 두게 되었다.

요짱 집에서는 하루가 멀다 하고 싸우는 소리가 들려왔고, 우리 집에서는 아버지가 집을 나가셨다. 그런 것도 그와 소원해진 이유 중 하나가 될 것이다.

나는 요짱과 놀지 않게 되면서 자연스레 같은 반 여자아이들과 사이가 좋아졌고, 요짱은 요짱대로 동네 친구들이 생긴 것 같았다. 등교하다가 마주칠 때도 있었지만, 그게 다였다.

그래도 괜찮았던 것은 그가 아직 옆집에 살고 있었기 때문이다. 십 년간 함께 해온 유대감이 있기 때문이다. 떨어져 있어도 요짱은 요짱이고, 쿠미짱은 쿠미짱이니까 뭐라고 수선 떨 일은 아니었다. 하지만 그땐 알지 못했다. 요짱과 떨어져 있어도 난 아무렇지도 않다고 착각하고 있었다.

편의점까지는 멀다. 편의점 앞에 있는 역에서 전철을 타고, 내려서 또 걸어가야 간신히 도착하는 회사가 아득히 멀게만 느껴진다. 쉬어야 하는 날에 출근해서 남은 일을 처리한다. 이렇게 방대한 양의 앙케이트 조사결과 집계와 분석을 왜 나 혼자 해야 하는 걸까? 부하직원에게 시키거나, 아니면 적어도 두 명 정도의 일손이 더 필요하다는 말을 왜 나는 하지 못했을까?

착한 아이로 남고 싶은 걸까? 다른 사람에게 미움받고 싶지 않아서, 어차피 내가 해야 할 것 같은 일은 스스로 알아서 전부 맡아 버린다. 그러다 결국엔 정신을 못 차리고 자폭하고 만다. 나는 절대 착한 아이가 아니다. 업무를 똑똑히 확인하고, 공평하게 분담하고, 지체 없이 일을 진행시켜 나가는 게 회사의 역할이라고 생각한다.

내 탓이라고 생각은 하면서도 납득이 가질 않는다. 뒤치다꺼리 요원? 이건 농담이 아니다. 정말 아무도 도와주지 않는다. 누가 도와주기를 바라지도 않는다. 그러면서도 무력감에 그만 무너지기 직전이다. 도와주지 않아도 된다. 그저 이야기를 들어주는 것만으로 괜찮다. 그것만으로도 나는 여유를 되찾을 수 있을 것 같다. 하지만 내게는, "아-아-아-", 아무도, "아-아-아-", 아닌 척해 봤자 소용없다. 내게는 아무도 없다.

요짱은 고등학교 때 비행청소년이었다. 같은 학교가 아니어서 아주 가끔씩밖에 보지 못했지만, 대충 봐도 한눈에 알 수 있었다. 복장도 변했고, 헤어스타일도 변했고, 눈빛마저 변했다. 하지만 나는 아무 말도 하지 않았다. 겉모습이 바뀌었다 해도 요짱은 요짱이니까 내가 뭐라 충고할 일은 아니라고 생각했다.

"이상해."

그렇게 말해 줄 걸 그랬다.

"그런 옷, 요짱답지 않아."

그 정도는 말해 주는 게 좋지 않았을까.

요짱답다는 건, 그러니까 내가 알고 있던 요짱답다는 소리이고, 당시엔 내가 모르는 요짱다운 부분을 두려워했던 것 같다. 요짱에게는 내가 모르는 부분이 분명 있었으며, 그건 초등학교 5학년 때 서로의 집을 왕래하지 않게 되면서 점점 더 커졌을 터이다. 만약 요짱의 입에서, "쿠미짱 니가 뭘 안다고 그래"라는 말이 나온다면 할 말이 없었다. 그게 두려웠던 것이다.

나는 이상한 차림새에, 이상한 얼굴을 한 요짱이, 밤늦게 나가서 며칠씩 집에 들어오지 않는 걸 모른 척하며 지냈다. 하지만 생각했다. 가장 요짱다운 모습을 정작 본인도 모르는 건지 모른다고.

요짱은 융통성이 없고 고집이 세서 한번 좋아한 건 계속 좋아했고, 한번 화가 나면 마음속에 담아두고 내내 화를 풀지 않는 성격이었다. 그러니까 안심할 수 있었던 거다. 요짱은 이걸 보면 좋아하겠지. 이걸 보면 분명 싫어할 거야. 그렇게 기준을 만들어놓고 있었던 것이다.

유아원에 다닐 때 요짱이 행방불명된 적이 있었다. 간식으로 나온 사과를 먹다가 잠들어 버린 요짱은, 잠에서 깨어나자 자신이 먹다 만 사과가 없어졌다는 걸 알고 몹시 화가 났다. 급식실에 숨어 들어간 그는 쓰레기통을 뒤지다가 그대로 푸른색 커다란 양동이 속으로 머리부터 디밀었다. 다 같이 찾아다니다가 요짱을 급식실 양동이 속에서 찾아냈을 때, 그는 음식물 쓰레기 범벅이 된 채로, 만족스러운 듯 심만 남은 사과를 갉아 먹고 있었다.

요짱은 집념이 강했다. 초등학교 3학년인가 4학년 때, 자신이 소중하게 여기던 카드게임의 으뜸패를 동네 상급생에게 빼앗긴 적이 있다. 눈물을 글썽이며 상기된 얼굴을 하고 있던 요짱을, 이 방법 저 방법 동원해서 달래 주었던 기억이 난다. 그 일이 있고 나서 한참 지나 현에서 운영하는 아파트 3층 창문에서 카드가 흩뿌려지는 사건이 일어났다. 사건이라고 해보았자 부근에 퍼진 소문 정도여서 처음에는 특별히 신경 쓰지 않았다. 하지만 부모님과 친구들로부터 그 사건에 대한 이야기를 들을 때마다 어떤 확신이 생겨났다.

"희한한 일이야. 누군가 방에 들어온 건 확실한데, 테이블 위에 있던 현금이 들어 있는 지갑은 손도 대지 않았대. 창문이 열려 있었고 카드가 흩뿌려졌는데, 왜 그거 있지? 전에 유행했던 리틀게임 카드. 그 집 애가 버리려던 오래된 게임카드였대. 도대체 무슨 의미지?"

의미는 알 수 없다. 하지만 나는 안다. 요짱이다. 범인은 요짱이다. 버려져도 이상할 것 없는 카드를 그렇게 집요하게 좇는 사람은 요짱밖에 없다. 가슴이 두근거렸지만, 친구 앞이었기 때문에 가능한 한 아무렇지 않은 척했다. 그때의 카드를 요짱이 되찾았다면 그걸로 된 거라고 생각했다.

"뭔가 이 사건, 기분 나쁘지 않아?"

친구는 말했다.

"뭐가 목적이었는지 몰라도, 빈집에 들어가서 화풀이로 애들 장난감 따위나 창밖으로 던지다니."

"그러게"라고 나는 대답했다. 그래, 남의 집에 함부로 들어간 건 너무 심했어, 요짱.

바로 그 요짱이다. 고등학교에 올라가며 학교가 멀어지자 점점 더 얼굴 볼 기회가 줄었다. 요짱에 관련된 기억은 그 이후로 드문드문하다.

때때로 옆집에서 아저씨의 고성과 아줌마의 비명소리, 그리고 창문 깨지는 소리가 들려오곤 했다. 그럴 때면 내 방 책상에서 시험공부를 하며 '요짱이구나!' 생각했다. 만약 형인 밋짱이었다면 받아치는 고함소리가 들렸으리라. 아저씨와 아줌마의 목소리밖에 들리지 않았다는 건, 말이 없는 요짱이다. 요짱은 뭘 하든 말 없이 했다.

그 후에 머리를 염색한 요짱이 한밤중에 오토바이를 타고 나가며 부릉부릉 시동 거는 소리를 몇 번이나 들었다. 잠옷차림으로 침대에서 라디오를 듣고 있는 시간에.

다음날 아침에는 엄마가 한숨을 내쉬며 말하기도 했다. "어젯밤에도 한바탕 시끄러웠지! 옛날에는 귀여운 아이였는데"라고. 요짱이 귀여웠던 적은 별로 없었던 것 같은데, 엄마가 보기엔 어렸으니까 무조건 귀여웠나 보다. 나에게 있어 요짱은 어리든 크든 그저 요짱일 뿐이다. 좋고 싫고의 범주를 넘어선, 귀엽지도 시끄럽지도 않은 그저 요짱.

그리고 또 한 가지. 열일곱 살 생일에 요짱이 선물을 주었던 일이 생각난다. 학교에서 돌아오는 길이었는데, 요짱의 집 문이 열리더니 불쑥 선물을 내미는 것이었다.

"생일이지."

"엇!"

그게 대화의 끝이었다. 눈썹을 가늘게 정리한 요짱은, 팬티가 보일 정도로 바지 허리춤이 내려온 채 어딘가로 가버렸다.

고맙다는 말도 하지 못했다. 요짱에게서 뭔가를 받은 적은 그때가 처음이었다. 나는 내 생일 한 달 전인 요짱의 생일을 축하해주지 못했다. 항상 그랬다.

엄마에게 요짱한테서 생일선물을 받았다고 했더니 인상을 찌푸렸다.

"조심해."

"뭘?"

이번에도 대화는 이게 끝이었다. 나는 화가 치밀어 올랐다. 뭘 조심하라는 소리지? 요짱에게라면, 바지가 발밑까지 질질 끌려 내려가지 않도록 주의를 주고 싶긴 하다. 하지만 그 외에 조심해야 할 짓을 요짱이 내게 할 리가 없다. 여하튼 상대는 나, 바로 쿠미짱인 것이다. 엄마는 아무것도 모른다. 아니, 모르는 건 내 쪽이었는지도 모른다.

요짱은 그날 집을 나간 채 돌아오지 않았다. 집에 들어오지 않는 일이 자주 있었기 때문에 처음엔 아무도 찾지 않았다. 일주일이나 집에 들어오지 않자 그제서야 요짱의 가출을 가족들이 눈치 챘다고 한다.

"조심해"라는 엄마의 말이 가슴에 무겁게 남았다. 17년간 한 번도 준 적이 없는 생일선물을 그날 주었던 거다. 좀 더 신경을 쓸 걸 그랬다. 주의를 기울일 걸 그랬다. 걱정해 주고, 말을 걸어 줄 걸 그랬다. 그러나 난 아무것도 하지 않았다.

포장을 뜯어보니 문진(文?)이었다. 웃음이 나왔다. 〈미토코몬〉(에도 시대 배경의 드라마 제목-옮긴이)에 나오는 인롱(약 등을 휴대하는 작은 용기-옮긴이)처럼 생긴 철제 문진이었다. 이걸 언제 어떻게 쓰라는 건지.

그건 뭐였냐고 묻고 싶지만, 이제 와서 묻는 건 촌스러운 일인 것 같다. 하지만 계속 신경이 쓰인다. 그 선물은 뭐였니? 크리스 털로 된 예쁜 문진이라면 그나마 이해가 될 텐데, 그런 고풍스러 운 문진을 내가 정말 좋아할 거라 생각한 거니? 아니, 실은 그게 아니다. 문진이든 뭐든 상관없다. 내가 정말 묻고 싶은 건, 어째 서 그때 내게 선물을 주었느냐는 것이다.

예감이 없었던 것은 아니다. 하지만 놀랐다. 편의점 문을 열자 바로 그곳에 내가 절대 착각할 리 없는 등이 보였다.
망설일 틈도 없었다. 나도 모르게 이름을 불렀다.
"요쨩!"
뒤를 돌아본 얼굴은, 요쨩이라면 요쨩이지만, 많이 닮은 다른 사람이라고 말해도 그대로 믿을 만큼 변해 있었다. 홀쭉한 볼, 생 기 없는 눈, 긴 머리칼에 흰머리가 섞여 도저히 내 또래로는 보이 지 않았다.
"쿠미쨩!"
내 이름을 부르는 그의 얼굴에 미소가 번졌다.
"돌아온 거야?"
알고 있었다. 마치가 있었으니까. 엄마가 말해 주었으니까. 하지만 아무것도 몰랐다는 듯이 묻고 싶었다.

"응, 어제."

"그랬구나. 말 걸길 잘했네."

"미안!"

미안할 거 없어. 사과할 필요도 없어. 나도 말을 걸지 않았으니까.

"한동안 있을 거지?"

최대한 밝은 목소리로 물었다. 대화를 조금이라도 밝게 이끌어가지 않으면 안 될 것 같았다. 어쩐지 무서웠다. 왜 이렇게 초췌한 모습인 거니? 윤기 없는 피부도, 길게 자란 머리도 이상했다. 한동안 일자리를 구하지 못한 걸까? 그런 이유로 수척해진 거라면 차라리 다행이란 생각이 들었다.

"나 지금 일하러 가는 중인데, 괜찮으면 언제 밥 같이 안 먹을래?"

저녁을 같이 먹을 생각이었다. 집에서 엄마와 함께 먹는 게 가장 자연스러울 것 같았다. 예전에 자주 그랬던 것처럼. 다 큰 어른이 된 지금 서로의 집을 오간다고 해서 누가 뭐라 하겠는가.

하지만 요짱은 뭔가를 골똘히 생각하는 듯하더니 거의 알아들을 수 없을 만큼 작은 목소리로 말했다.

"그럼 도시락이라도 사서 이 근처에서 먹을까?"

순간적으로 '회사에 가야 하는데!' 생각했지만 고개를 끄덕여 버렸다. 억지로 회사에 가서 하기도 싫은 일을 하는 것과, 요짱과 이야기를 나누는 것 중 선택해야 한다면 요짱 쪽이 백 배 더 중요하다.

연어 도시락과 스키야키 도시락을 각각 사서 역 쪽으로 걸어 갔다. 선로 위로 걸쳐 있는 육교를 둘이 함께 오른다. 꽤 오랜 시간이 흘렀다. 키만 훌쩍 커버려서는, 너무나 야위고 지친 모습으로 내 앞에 나타난 요짱.

나 역시 만신창이다. 열심히 한다고 했지만 회사에선 뒤치다꺼리 요원으로 뽑혀 버렸고, 사귀던 남자는 다른 여자를 선택했다. 그러고도 매일같이 역을 향해 무거운 발걸음을 옮기고 있다.

"피곤해 보여."

세 발자국 정도 뒤처진 나를 기다리며 요짱이 멈춰 선다. "요짱이야말로!"라고 말하고 싶은 걸 꾹 참았다. 우리 지금 뭐 하는 거지? 좀 더 근사하게 재회했어야지. 웃으며 즐거운 이야기를 나누어야지.

"난 잘 지내."

그렇게 말하며 그를 올려다보는데, 웃으려고 했는데 눈물이 흘러내렸다.

"무슨 일이야?"

"아무 일도 없어."

당황해서 눈물을 훔치고, 이번에야말로 가까스로 미소를 짓는 데 성공했다.

요쨩. 예전에도 이런 일이 있었지. "아－아－아－." 어떻게든 생각하지 않으려 했지만 무리였다. "아－아－아－", "아－아－아－." 기억의 뚜껑이 그만 열려 버렸다.

추운 날이었다. 중학교 때 혼자 울면서 집에 가고 있는데, 요쨩이 불쑥 다가와 "무슨 일이야?" 하고 물었다. 아무 말도 하지 않았더라면 좋았을 텐데 나는 분노와 슬픔으로 뒤범벅이 되어 동급생의 이름을 대며, 그 아이에게 괴롭힘을 당하고 있다고 말해 버렸다. 그 아이의 주도 하에 벌써 일주일이나 반 여학생 전원이 내게 말을 걸지 않는다고.

요쨩밖에 말할 사람이 없었다. 요쨩이라면 내 말을 들은 건지 안 들은 건지도 알 수 없게 평소의 과묵함 그대로 그냥 듣고 지나가 줄 거라 생각했다.

그게 아니라 나는 혹시 좀 더 다른 뭔가를 기대하고 있었던 것일까? 요짱이 어떻게 해주길 바랐던 걸까? 지금도 잘 모르겠다. 괴롭다. "아— 아— 아—" 소리를 질러 기억을 차단해 버리고 싶다.

"……요짱은 더 괴로웠겠지."

나는 아래를 내려다보며 더 이상 미소를 유지하지 못한 채 중얼거렸다.

차들이 도로를 쌩쌩 지나간다. 벌써 15년도 더 된 얘기다. 잊고 싶다, 요짱도 잊어주길 바란다.

내가 이름을 댔던 동급생은 다음날부터 사흘 동안 학교에 나오지 않았다. 4일째 되는 날에 등교를 한 그 아이는 안대를 하고, 팔에는 붕대를 친친 감고 있었다. 나와는 눈도 마주치지 않았다. 그걸로 괴롭힘은 끝이 났다.

"무슨 일이야?"

요짱이 다시 한 번 묻는다.

"아무 일도 없어. 진짜야."

육교 위에서 나는 눈물을 훔친다. 그리고 이때까지 하지 못했던 말을 간신히 한다.

"요짱, 고마워!"

요짱은 놀란 얼굴로 나를 쳐다보았지만 나는 아무 말도 하지 않았다.

"요짱이야말로 무슨 일이야?"

심호흡을 하고 나서 내내 하지 못했던 말을 드디어 했다.

"나한테 기대."

요짱은 아무 말 없이 나를 바라보았다.

"곤란한 일이 있을 땐 나한테 기대."

왜 그런지 눈물이 뚝뚝 떨어졌다. 이래서야 곤란한 일이 있는 건 마치 내 쪽인 것 같다. 그리고 지금 요짱을 곤란하게 만들고 있는 사람은 바로 내가 아닌가.

요짱은 한 손을 주머니에 찔러 넣은 채 말없이 서 있더니 말했다.

"배고프다."

그러고는 다른 한 손으로 들고 있던 편의점 봉지를 살짝 들어 올리며 웃었다.

"빨리 먹자."

아아, 바로 이 얼굴이다. 어딘가 서투른, 그리고 어색한 표정밖에 짓지 못하는 요짱이 아주 가끔 보여주는 필살의 펀치. 천진한 어릴 때 그대로의 웃음.

"여기서 먹을까?"

"여기서?"

우리는 어린아이들처럼 육교 꼭대기에 앉는다. 요짱은 난간에 등을 기대고 긴 다리를 앞으로 쭉 뻗었다.

"여기서 보이는 풍경, 꽤 근사하다."

정말이었다. 어쩐지 다른 동네를 내려다보고 있는 듯하다. 육교 아래로 내려가면 다른 마을에 당도하는 그런 꿈 같은 일이 생겼으면 좋겠다.

우리는 아무 말 없이 편의점 도시락을 먹으며 페트병에 든 음료수를 마셨다. 얇게 입은 탓인지 바람이 차다. 따뜻한 차를 살걸 그랬다. 문득 이건 꿈이 아니라는 생각이 든다. 어딘가 다른 마을에 가는 건 꿈이 아니다. 간단하다. 우리는 둘 다 어른이다. 가려고 맘만 먹으면 어디든 갈 수 있다.

"나, 돌아올까?"

요짱이 물었다.

나는 천천히 요짱을 바라보았다. 새로운 마을의 풍경이 두둥실 눈앞에 펼쳐지는 기분이 들었다. 그래, 그런 마을도 있을 법하다. 다시 요짱과 옆집에 살면서, 평소에는 자주 보지 못해도, 가끔 서로의 집에서 별것 아닌 이야기를 나누며 웃는.

"그래, 돌아와."

요짱은 대답하지 않았다. 하지만 눈동자가 흔들렸다.

"그게 좋겠어, 돌아와."

집요하게 반복하며 요짱의 얇은 재킷으로 손을 뻗었다. 그의 소매를 꽉 움켜잡았다.

"요짱이 돌아온 기념으로 맛있는 거 먹으러 가자."

나는 이어서 열심히 말했다.

"하라이라는 레스토랑이 있는데, 거기 정말 맛있거든. 엄청나게 맛있어."

하라이에서 맛있는 걸 먹고 나면 조금은 기운이 나겠지. 요짱도 돌아오길 잘했다고 생각할 것이다.

"맞다. 그 문진, 기억 나?"

문진에 대해 묻자 요짱은 살짝 고개를 갸우뚱했다. 그러더니 한동안 눈을 내리깔고 뭔가를 생각하는 듯한 표정이다.

"괜찮아, 기억 못해도."

요짱은 시선을 다시 옮겼다. 뭔가 다른 걸 생각하고 있었던 모양이다.

"일주일만 기다려. 10월 말에는 정식으로 돌아올 테니까."

그렇게 말한 후 요짱은 집들이 늘어선 거리를 내려다보았다.

정식으로, 돌아오는 걸까. 그럼 이제 "무슨 일 있어?"라고 묻지 않겠다. 내가 계장이 된 얘기도, 히로유키에 대한 얘기도 하지 않겠다. 우리는 함께 하라이의 메뉴판을 보며 저녁으로 뭘 먹을지 고를 것이다. 그리고 수프를 먹으며 앞으로의 이야기만 해야지.

"알겠어, 10월 말이란 말이지? 그럼 날짜 31일로 해서 레스토랑 예약할게."

나의 채근에 요짱이 미소를 지었다.

"괜찮아. 나, 약속은 잘 지키니까."

그건 나도 알고 있다. 요짱에 관해서라면 누구보다도 가장 잘 알고 있다.

예약 5

육교를 건널 땐 늘 가슴이 두근거린다. 잿빛 콘크리트 계단을 천천히 오르다 중간 지점에 접어들면 하늘을 향해 오르는 듯한 착각이 인다. 양 옆의 배경이 시야에서 사라지고, 오르막은 그대로 하늘로 이어진다.

긴 오르막의 끝에서 눈앞에 펼쳐지는 것은 바다다.

멀리 수면이 햇살을 받아 반짝인다. 멀리서 봐도 부분부분 색이 변해 가고 있다. 짙은 청색, 군청색, 남색, 그러다가 점차 감색에 가까워지고, 그 너머로 하늘이 녹아내린다.

바다 이편에는 뾰족뾰족한 녹색 잎들이 흔들린다. 온통 옥수수밭이다. '기억 속'의 옥수수는 키가 크고 꼿꼿하며 잎그늘 안에 열매가 꽉 차 있다.

'기억 속'의 일이다.

육교를 올라가도 녹색 밭은 없다. 바다도 없다. 그저 많은 지붕이 줄지어 있을 뿐이다. 검은 기와지붕, 빨랫줄에 널린 빨래, 파란 페인트칠의 맨션 옥상, 은색 빌딩, 노래방 간판, 전선, 또 검은 기와지붕. 그리고 멀리 어슴푸레하게 산이 보인다.

여긴 하늘색부터가 다르다. 저녁노을이 주황빛이라는 건 말도 안 된다. 핑크빛이어야 한다. 하늘도 구름도, 바다도 사실은 부드러운 핑크빛으로 물든다. 그게 진짜 저녁노을이다. 그러니까 여기에서 보이는 저녁노을은 아닌 것이다. 가짜 하늘 아래 저 마을도 주황빛으로 가짜 같다. 마을을 내려다보고 있는 나라는 존재는 그렇다면 진짜일까?

10월이 다 갔는데도 저녁때가 되면 바람이 약간 쌀쌀한 정도이다. 나는 육교 위에서 눈을 감는다. 바다가 보일까?

둔탁하고 커다란 소리가 들려온다. 규칙적으로 육박해 오는 굉음. 바다 내음이라도 맡고 있는 기분이었는데, 아쉽게도 차도를 달리는 자동차 배기가스에 밀려났다. 눈을 뜨고 콘크리트 계단을 다시 내려간다. 육교 아래는 선로다. 소리의 주인은 화물 열차인지, 진동과 함께 저 밑을 통과해 지나간다.

북쪽의 시골마을에서 여기로 온 지 8년이 됐다. 대학을 졸업하고 바로 취직을 해서 다시 4년이 지났다. 8년이라는 세월이 긴 건지 짧은 건지 잘 모르겠다. 아무튼 그 세월 동안 많은 사람들이 어슬렁어슬렁 내 앞에 나타났다가 사라져 갔다.

대학 동기들 중엔 벌써 직장을 옮긴 녀석이 한 둘이 아니며, 회사를 그만두고 모아둔 돈으로 세계여행을 떠난 녀석도 있다. 결혼을 했다거나 아기를 낳았다는 소식도 들려온다.

꼼짝도 하지 않고 있는 건 나 하나뿐일 것이다. 이 마을에 온 것만으로 일생의 움직임을 다 끝내 버린 것 같은 기분이 든다.

벌써 8년이라니, 세월은 때로 달력을 한 장 한 장 넘겨보는 것보다 그동안 어떤 일이 있었는지, 그때 내가 어땠는지 하나하나 따져보는 쪽이 훨씬 더 실감이 난다. 만약 아무 일도 일어나지 않았다면 전혀 알 수 없게 되어 버리는 것이다. 벚꽃이 여덟 번 피었다거나, 생일을 여덟 번 맞이했다거나, 그런 걸로는 실감할 수 없다. 벚꽃이 몇 번 피었다가 졌는지 무슨 수로 기억할 것인가.

내 입으로 불어 끈 생일 케이크 개수도 알 수 없기는 마찬가지다. 그것이 두 번이든, 네 번이든, 여덟 번이든 달라지는 건 없다.

　육교를 건너 매일 나는 일을 하러 간다. 그리고 퇴근 후에는 다시 내 방으로 돌아온다. 그 반복이 조금씩 빨라진다. 처음 얼마간은 몸도 자유로운 편이었다. 이런 일을 하고 있어도 되나, 이게 내가 하고 싶었던 일인가, 속으로 자문하기도 했다. 아직 늦지 않았어, 어떻게든 될 거야, 그런 생각을 하는 동안에 생활의 반복은 가속도가 붙어, 해가 여덟 번 바뀌자 한 쪽 발을 이미 커다란 흐름 속에 담가 버린 형국이 되었다. 내 힘으로는 어찌할 수 없는, 멈출 수 없는 흐름에 휩쓸려 떠내려가고 있다.

　떠내려가면서도 아픔을 느끼지도, 발버둥을 치지도 않게 됐다. 시간이 지날수록 함께 떠내려가던 것들과도 멀어진다. 아무도 모르는, 아무와도 연결되지 않은 장소로 떠내려간다. 혹시라도 마지막엔 바다로 나갈 수 있으려나.

　조용한 고향바다를 떠올리자 마음이 조금은 평온해진다.

　육교를 내려가 유아원 마당 뒤편을 지나면, 골목 모퉁이에 하얗고 평평한 성냥갑 같은 가게가 나온다. 바다에 도착할 때까지 시간이 얼마나 남았는지 모르겠지만, 저 상자 속에서 시간을 보내는 생활에 나는 완전히 익숙해져 버렸다.

저녁노을. 바다. 옥수수밭.

그리워 가슴 에이면서 나는 왜 고향에 돌아가지 않는지 알 수 없다. 생각하면 정말 영문을 모르겠다. 내가 왜 이곳에 계속 살고 있는지…….

고향에 돌아가지 않는 것이 부모님을 얼마나 낙담시키는 일인지 잘 알고 있다. 대학에 입학하면서 고향을 떠나왔다. 아버지도 어머니도 4년 후에는 내가 반드시 돌아오리라 생각하셨을 것이다. 어머니는 큰아버지께 부탁해 내 취직자리도 알아보셨다. 시간이 한참 지나서 큰아버지께 그 얘길 듣고 가슴이 미어졌다.

나는 지금 편의점에서 일을 하고 있다. 편의점이 나쁘다는 건 아니다. 하지만 편의점에서 일하고 싶다면 고향에 있는 편의점이라도 상관없다. 부모님의 기대를 저버리면서까지 여기에 머무를 이유는 없는 것이다.

"미즈구치 상사(商事)라고 해요."

상사라고는 하지만 실은 전국 체인 편의점을 프랜차이즈로 운

영하고 있는 회사이다. 편의점 외에도 부동산, 인재 파견, 컴퓨터 교실, 파워스톤 판매 등 다양하게 여러 방면에 손을 대고 있다.

규모가 작아서 차라리 다행이다. 사장님은 깊은 통찰력도 전략도 없이 무분별하게 일을 벌이는 타입이었다. 어딘가 미심쩍은 구석도 있었다. 아마 그가 일을 크게 벌였다면 크게 실패를 보는 부분도 있었을 것이다.

나는 미즈구치 상사가 운영하는 편의점에서 주로 심야 시간대에 일을 하고 있다.

학창시절부터 사귀어 온 미카코가 결혼 소식을 내게 알린 건 졸업하고 몇 번째 크리스마스였던가? 세 번째였던가? 아니, 그건 정확하지 않다. 소식을 알린 것은 그녀가 아니었다. 졸업 후 세 번째 크리스마스를 맞이하기 전, 함께 세미나를 들었던 대학 동기들과의 회식 자리에서 그 소식을 들었다. 동기 중 한 명이―그날 오지 않은―머지않아 결혼을 할 거라고 수군거렸다. 젠체하는 녀석이라 나와 친하지도 않았고, 평소 재수 없는 놈이라고 생각했기 때문에 신경 쓰지 않았다. 하지만 비밀 이야기라도 하는 듯 수군대는 게 어딘가 이상했다. 숨길 필요가 없는 얘기였다. 결혼 소식은 빅뉴스 중의 하나가 아닌가!

무언가 이상하다 했더니 모두들 나를 배려해 주고 있었던 것이다. 그 녀석의 결혼 상대는 바로 내가 사귀고 있던 미카코였다. 그녀와는 열아홉 살 때부터 사귀었고, 그 시점까지 헤어졌던 기억이 없었다.

정말 신기하다. 여자는 어쩌면 그렇게까지 잔인할 수 있는 것일까?

미카코가 그 녀석과 결혼한다는 말을 듣고 나의 몸에는 금이 갔다. 빠지직, 하는 소리가 실제로 들렸던 것 같다. 어디에 금이 갔는지 온 몸을 구석구석 살펴보았지만 찾아내지 못했다. 걱정이다. 어느 부분에 금이 갔는지 모른 채 살다가 어느 날 무슨 일로 산산조각이 나버리는 건 아니겠지.

하지만 내 마음 어딘가에선 낙관하고 있었던 것 같다. 미카코는 아직 내게 아무 말도 하지 않았다. 금이 간 소리는 환청인지도 모른다. 우리는 아무것도 달라지지 않았다. 그러면서도 미카코에게 먼저 물어볼 엄두는 내지 못했다.

아주 추운 밤 나를 찾아온 미카코는 금목걸이를 하고 있었다. 처음 보는 코트를 입고 좁은 현관에 우두커니 서서 내 낡은 슬리

퍼만 가만히 쳐다보았다.

"왜 그러고 있어? 어서 들어와."

애써 밝은 목소리로 말을 걸었다.

미카코는 꼼짝도 하지 않았다.

"잘 어울리네, 그 목걸이."

나는 미카코 쪽으로 다가갔다. 세 줄 골드 목걸이가 미카코의 화려함을 더욱 돋보이게 했다.

"돌이 아니야."

그렇게 말하며 나를 바라보는 미카코는 더 이상 웃고 있지 않았다.

"나한테 어울리는 건 돌이 아니라 금이지 싶어."

"그럴지도 모르겠다."

미카코가 갑자기 소리쳤다.

"뭐야, 그게?"

나는 어리둥절했다.

"어떻게 그렇게 간단히 동의할 수 있는 거지? 파워스톤을 내게 권했던 게 누구야? 이제 와서 금이 어울린다고? 진짜 그렇게 생각하는 거야? 양심에 찔리지 않아?"

아무리 생각해도 양심에 찔릴 일은 아니었다. 그녀의 말은 파워스톤이라는 이름의 돌을 의미했다. 미카코에게 파워스톤을 판적이 없다. 선물로 내가 주었다.

"당신 좀 이상하지 않아?"

미카코는 코트 주머니에서 둥글게 뭉친 티슈를 꺼내 바닥에 던졌다. 작은 돌들이 쏟아져 나왔다.

"가짜지?"

나는 '뭐가?'라고 묻지 않았다. '당신이!'라고 대답할까봐 무서웠기 때문이다. '가짜'라거나 '이상하다'는 말도 결코 듣고 싶지 않았다.

"가짜야. 전부 가짜란 말이야."

나는 아무 말 없이 쪼그리고 앉아 바닥에 흩어진 돌을 한 알씩 주워 담았다.

"돌을 정화하기 위해서는 물로 씻어 주는 게 좋다고 누가 내게 알려줬어. 당신은 달빛을 받게 하는 게 좋다고 했잖아. 그런데 이상하게 씻을수록 돌 색깔이 옅어지잖아. 알고 보니 돌에 착색이 돼 있었어. 이런 게 무슨 놈의 파워스톤이야. 모두 가짜잖아!"

나는 돌을 들고 너덜너덜 벗겨지는 체면을 필사적으로 양손으로 눌렀다. 누르고 또 눌러도 벗겨졌다. 착색이 되어 있었다니 정말 몰랐다. 미우면서도 돌이 가여웠다. 나는 이 쓰레기 같은 돌과 꼭 닮아 있었다. 허영심도 수치심도 모조리 떨어져 나가 무방비 상태의 조갯살 같았다. 그런 모습으로라도 미카코에게 전력을 기울였더라면 더 좋았을지 모르겠다.

"파워스톤에 색을 바르면 왜 안 되는 거야?"

그렇게 한마디 물어볼 걸 그랬다. 조금이라도 더 잘 보이고 싶어 하면 안 되는 걸까. 마음에 들고 싶어 하면 안 되는 걸까.

하지만 전력 따위 다하지 못했다. 내가 그러지 못할 거라는 걸 미카코는 알고 있었을 것이다. 표면을 벗겨내면 안에는 아무것도 없었다. 텅 빈 몸을 껴안고 떨고 있는 나를, 그녀는 방을 나가며 마지막으로 봤을까? 아니면 뒤도 돌아보지 않고 나가 버렸을까?

발가벗겨진 채 한참을 웅크리고 있다가 나는 다시 두터운 모피와도 같은 체면을 걸치고 천연덕스러운 얼굴로 일어섰다. 일어설 수밖에 없었다. 편의점 일은 단 하루도 쉬지 않았다.

미카코가 있는 것이 고향에 돌아가지 않는 이유 중 하나였다. 부모님께 설명할 때 미카코의 존재는 취직자리보다 설득력이 있었다. 그녀가 내 곁을 떠나고 고향에 돌아가지 않아도 되는 이유는 대폭 줄었다. 이제는 부모님이 아니라 나 자신을 설득하지 않으면 안 되었다.

바다가 온통 황금빛으로 흔들릴 무렵, 나는 부모님께 대학에 진학하여 경제학을 공부하고 싶다고 말했다. 고등학교 2학년 가을, 생애 처음으로 명확한 의사 표시를 한 것이다.

그때 나는 이상하게도 경제를 이해하지 못하면 이 세상을 제대로 알 수 없을 것이라 생각하고 조바심이 나 있었다. 사람에 따라 그것은 정치이거나 철학이거나 물리학 등의 학문일 수도 있다. 나의 경우 불공평한 세상에 관심이 갔고, 조금이나마 세상을 변화시키고 싶었다. 가난한 사람들을 위해서가 아니라 나 자신을 위해서였다. 우리 부모님만 해도 매일매일 그럴 수 없이 성실하게 일하셨다. 너무 과하다고 해도 될 정도였다. 그런데도 우리집은 늘 가난했다. 도대체 왜일까? 무엇이 잘못되었는지는 모르겠지만 세상의 근간이라고 할 수 있는 사회구조를 이해하기 위해 경제학을 공부해야겠다고 생각했다. 이대로 계속 살 수는 없었다. 잘못된 것은 고쳐 나가며 살아야 한다고 생각했다. 나와 내 자손의 대에 이르기까지 가난을 대물림하며 살 수는 없는 노릇이니까.

"4년만 공부하고 돌아올게요. 돌아와서 집안을 이을 테니까."

집을 떠나 대처로 나가면서 나는 대학을 졸업하면 다시 집에 돌아오겠다고 약속했다.

"이을 필요 없다."

아버지는 말씀하셨다. 사실 무엇을 이을 만한 뚜르르한 집안도 아니었고 재산이 있는 것도 아니었다. 나도 익히 알고 있는 사실이었다.

"그래도 돌아올게요."

나는 외아들이다. 돌아오지 않으면 이 집에는 늙으신 아버지와 어머니 둘만 남게 된다. 그래서는 안 될 것 같았다.

"시시하단다."

"네?"

아버지께 되물었지만 대답은 돌아오지 않았다. 아버지는 뭐가 시시하다는 걸까?

"니가 하고 싶은 대로 하면 된다."

아버지는 그렇게 말씀하시고는 방을 나가셨다.

대학에서는 열심히 공부했다. 성적은 좋았다. 경제에 대한 지식도 어느 정도 지니게 됐고, 같은 세미나에 참석했던 미카코와도 사귀게 되었다. 하지만 열심히 공부해도 내가 알고 싶었던 세상의 근간 같은 건 전혀 보이지 않았다. 나는 바보였다.

사실 미즈구치 상사보다 다른 회사에 먼저 취직이 내정되어 있었다. 사장님 이하 사원은 열 명뿐이었지만 뜨거운 열정과 이상을 가진 회사였다. 면접을 거듭하는 동안 젊은 경영진과 의기투합해 미래에 대해, 앞으로 우리의 일에 대해 심층적인 대화를 나눴다. 짜릿했다.

너무 들떠 있었던 걸까? 세상 근간의 끝의 끝의 끝자락 정도에는 닿을 것 같은 기분이 들었다. 열심히만 하면 언젠가 뭔가를 움직일 수 있을지도 모른다. 오늘도 열심히 성실하게 일하고 있는 세상의 많은 부모님들을 아주 조금은 편하게 해줄 수 있을지도 모른다고 생각했다.

취직이 내정되어 있던 회사가 도산한 것은 대학 졸업을 눈앞에 두고였다.

잘 모르겠다. 어디서 무엇이 잘못된 걸까? 나는 어디서부터 다시 시작해야 했던 걸까? 어쩌면 내 한 몸 제대로 추스르지 못하

는 형편에 세상을 바꾸겠다는 교만한 생각을 했기 때문에 벌을
받은 것인지도 모른다.

누군가가 내 이야길 듣는다면, 세상에 흔한 일이라며 그냥 웃
어넘길지도 모른다. 응석 부리지 말라고 할지도 모른다. 세상에
는 나보다 더 힘든 사람들이 헤아릴 수 없이 많다. 편의점에 취직
할 수 있었던 것만도 다행이지 않을까?

그렇게도 기대만발이었던 첫 직장이 시작도 하기 전에 무너진
것은 내 탓도 아니고, 엄청나게 열정적이었던 젊은 사장님 탓도
아니다. 머리로는 이해하고 있다. 그런데 그 이전으로 돌아갈 수
가 없다. 무엇이 잘못된 것일까? 그런 질문만이 뇌리를 계속 맴
돌았다.

이유가 없으면 이도저도 안 된다. 이제 와 이런 곳에서, 실패하
고 비뚤어진 모습으로라도 계속 살아갈 대의명분이 필요한 나는
파워스톤을 손바닥 위에 올렸다.

대학교 1학년 때부터 나는 학비에 보태기 위해 여러 개의 아르
바이트를 했다. 가장 많이 했던 것은 편의점이다. 아르바이트생
하면 고등학생이나 주부가 대부분이었으므로 시간적으로 자유

로운 편인 대학생은 환영받는 편이었다. 취업이 내정됐던 회사
가 도산했을 때, 내 사정을 알고도 사원으로 뽑아준 미즈구치 상
사였다. 그건 고마운 일이라 생각한다. 감사해야 한다. 하지만 나
는 어느새 감사의 마음에조차 의구심을 갖게 되어 버렸다. 정사
원이 되지 못해도 괜찮다. 살아갈 수 있다. 그런데 생각해 보자.
미즈구치 상사의 사원이 돼서 무슨 좋은 일이 있었나?

나는 파워스톤을 판매해야 했다. 편의점에서 근무하는 시간
외에는 파워스톤을 파는 것이다. 할당량이 있어서 하나도 팔지
못하면 곤란했다.

처음에는 오팔이었다. 다음은 아쿠아마린, 사파이어, 토파즈,
감람석. 바뀔 때마다 하나씩 사서 미카코에게 주었다.

얼마 안 되는 월급으로 계속 파워스톤을 샀다. 대학 다닐 때부
터 살던 아파트 월세 내는 것조차 힘들어졌다. 신문구독을 끊고,
오토바이 출근도 그만두고, 나중에는 핸드폰도 해지해야 했다.
가게 금고에 넣어두기 위해 카운터의 지폐를 셀 때마다 '이 돈이
있다면 참 편할 텐데' 하고 생각했다. 푼돈에 목마른 자신의 처지
가 민망했다. 점심때는 밖에 나가지 않고, 사람도 만나지 않았다.
점점 더 고향에 갈 수 없게 되었다.

어느 순간 깜짝 놀랐다. 돌아가기 싫은 게 아니라 돌아갈 수 없는 것이다. 고향에 돌아갈 수 없게 됐다고 나는 생각하고 있었다.

고향이 싫다거나 아버지가 싫다거나 또는 어머니가 싫다거나, 그런 단순한 이야기가 아니다. 무엇보다 나는 고향도 나의 부모님도 싫어하지 않는다. 그렇다면 도대체 뭔가? 도대체 나는 왜 이렇게 되어 버린 걸까?

가학적인 충동이 든다. 나를 아프게 하고, 망가뜨리고 싶다. 그렇게 하는 것 외에 나 자신을 확인할 길이 없다. 못쓰게 된 나 자신을 비웃는다. 스스로를 비웃는 자신을 격렬하게 증오한다. 나 자신을 증오하고 나서야 비로소 안심하게 된다. 안심하자마자 한심해진다. 눈물을 흘리며 콧물을 훌쩍이고 있는 나 자신을 다시 한 번 사정없이 비웃는다.

아버지가 나의 이런 생활을 알고 계신지 어떤지 잘 모르겠다. 알아보고자 하면 간단히 알 수 있는 일이다.

이번 여름 오봉(음력 7월 중순의 우리나라 추석과 같은 일본 명절–옮긴이) 휴일 무렵이었던가? 한동안 고향에 가지 못할 거라고 전화를 드렸더니, 나에게 어떤 일을 하고 있는지 물으셨다. '판매'라고 대답했다. 전화기 앞에서 고개를 떨구고 있으면 낭패한 기색이 전해질 것 같아 고개를 들었다. 고개를 떨구든, 꼿꼿이 고개를 들고 허세를 부리든 상관없을지도 모른다. 아버지는 내가 하는 일에 대해서도, 나의 황폐한 심정에 대해서도 다 알고 계신 듯했다. 하지만 아무 말씀도 없으셨다.

아버지도 혹시 내 입에서 흘러나올 말이 무서우셨을까? '그럴 리 없다, 내 아들은 괜찮다'고 믿고 싶으셨던 걸까?

편의점은 24시간 문을 열다 보니 주간과 야간 시간대로 나뉘어 일손이 동원되었지만, 나는 주로 아르바이트생들이 기피하는 야간 시간대를 담당했다.

야간근무는 무섭다. 심야에 혼자 가게를 지키는 긴장감이 장난이 아니다. 사람들과 다른 시간대에 생활하는 것도 무섭다. 하지만 손님 외에 사람들을 만나지 않아도 된다. 야간근무를 핑계로 친구들과의 관계도 소원해졌다. 그건 마음이 놓였다.

어쩌면 이대로 계속 야간근무만 하다가 인생을 마치게 될지도 모른다는 생각도 들었다. 나 같은 건 세상에 있으나 없으나 마찬가지가 아닌가 하는 생각을 하면 무서웠다.

"예약했어, 하라이."

카운터 쪽 선반 뒤에서 젊은 여자의 목소리가 들려왔다.

"응, 꼭 갈게. 몇 시야? 여섯 시? 오케, 오케!"

휴대전화로 통화 중인 것 같았다. '오케'는 '통(桶, 일본어로 '오케' 라는 발음은 나무로 만든 통이라는 뜻-옮긴이)'이 아니라 오케이인 건가, 잠시 멍하니 생각했다. 오른손에 쇼핑 바구니를 들고, 왼손으로 는 아직 휴대전화를 잡고 있는 젊은 여성이 통로 쪽에서 나왔다. 눈썹이 유난히 짙은 그 여성 손님은 약속이 잡혀 즐거운지 희색 이 만면했다.

"어서 오십시오."

내가 인사를 하자 그녀의 얼굴에서 미소가 사라졌다. 편의점 점원에게 보여주기에는 자신의 미소가 아까웠던 것일까?

눈길을 내릴 때 그녀가 잠시 흔들리는 듯한 기색이 느껴졌다. 흘낏 보았더니 그녀의 얼굴에 다시 미소가 떠올랐다.

"가본 적 있어요?"

계산대에 장바구니를 털썩 내려놓으며 그녀가 말을 걸어왔다.

"하라이. 엄청 맛있어요."

나는 입속으로 우물거렸다.

"그, 그렇습니까? 가본 적 없습니다. 저도 가보고 싶네요."

"어머, 딱딱하기도 하시지."

계산을 마친 후 정크푸드가 잔뜩 든 쇼핑 봉투를 오른손에 든 그녀가 문 쪽으로 걸어갔다. 나는 그녀의 가녀린 등을 배웅하며 문득 '하라이에 가볼까?' 하는 생각이 들었다.

하라이라는 가게의 명성은 익히 들어 알고 있다. 이웃 마을 역 앞 광장 맞은편에 있는 작은 레스토랑이다.

광장은 포석(鋪石)이 깔린 원형공원 같다. 차는 아예 들어갈 수 없고, 비둘기와 사람뿐이다. 한가운데에 석조 분수대가 있고, 바깥쪽을 향해 벤치들이 그 주변을 둘러싸고 있다.

고등학생, 노부부, 정장 차림의 회사원, 엄마와 아이 등으로 벤치는 비어 있는 경우가 드물다. 그런데 벤치 하나는 예외다. 언제나 비어 있다. 비어 있는 벤치 바로 건너편에 하라이가 있다. 레스토랑 앞은 오픈 테라스로 되어 있고, 둥근 테이블이 세 갠가 네 개가 놓여 있다. 주방에서 풍겨오는 음식의 냄새를 참지 못하고 벤치에 앉아 있던 이들이 레스토랑으로 걸음을 옮긴다고 한다. 그래서 하라이 건너편 벤치에는 아무도 없는 것이다.

"엄청 맛있어."

미카코가 그렇게 말했던 건 언제쯤이더라? 대학생일 때였나? 실제로 하라이에 가본 적 없는 내가 그 레스토랑의 분위기를 잘 알고 있는 이유는, 미카코가 그 가게 이야기를 자주 했기 때문이다. 그런 얘기를 할 때 그녀는 즐거워 보였다. 그래서인지 역앞 광장을 지날 때마다 나도 그 낡은 벽돌의 레스토랑에 눈길이 갔다.

"특히 콘수프!"

미카코의 들뜬 목소리가 지금도 귀에 맴돈다. 그때 나는, 콘수프라면 한번 먹어보고 싶다고 생각했다. 그리고 지금도 그렇게 생각한다. 콘수프라면 먹어보고 싶다. 아버지와 어머니가 재배한 옥수수로 만든 그 수프 맛이라면.

"옥수수 맛이 엄청 진해. 으음, 채소 전부의 맛이랄까. 어쩐지 채소 본연의 맛이라는 느낌이야."

도시에서 자란 미카코가 '채소 본연의' 맛을 알고 있는지 어떤지는 의문이다. 그래도 나는 기뻤다. 맛있는 이야기를 신이 나서 하는 미카코가 귀여웠다.

―정말 맛있어.

―느낌이 좋아.

―부드럽고.

―그리운 맛이야.

미카코는 하라이라는 그 레스토랑이 정말 마음에 든 것 같았다.

"잘됐다."

나는 진심으로 잘되었다고 생각했다.

"뭐가 잘됐는데?"

미카코가 따졌다. 그녀는 무엇엔가 잔뜩 화가 나 있었다.

"맛있다니, 잘된 일이잖아. 느낌이 좋은 레스토랑이라니 정말 다행이야."

그런데 나는 왜 몰랐을까? 미카코는 하라이에 가고 싶었던 것이다. 아마도 나와 함께. 나를 데리고 가려 했는지도 모른다. 조금이라도 맛있는 곳으로, 기쁨이 있는 곳으로.

"그리운 맛이야."

미카코는 분명 그렇게 말했다. 그리운 맛이란 사람마다 다를 것이다. 예전에 자주 먹어서 익숙한 맛이나 본인이 좋아하는 맛을 '그리운 맛'이라고 한다면, '미카코에게 그리운 맛은 어떤 맛인지 알고 싶다, 확인해 보고 싶다'라고 생각하지 못했던 그때,

이미 나는 틀려먹은 것이다.

나는 함부로 외식을 하지 않는다. 그럴 돈도 없지만, 집에서 만들어 먹는 게 간단하고 안심이 되기 때문이다. 편의점에서 유통기한이 지난 도시락을 얻을 수도 있다. 하지만 먹고 싶은 마음이 거의 들지 않는다. 입맛이 까다로운 건 아닌데, 다른 건 몰라도 채소가 너무 적은 것만큼은 참을 수 없다.

외식을 할 때도 마찬가지다. 대부분의 식당이 고기 위주이다. 영양 면에서만 하는 말이 아니다. 채소야말로 진짜 맛있는 음식이다. 나는 채소가 메인이었으면 좋겠다. 겨우 구색만 갖춰서 곁들여진, 그나마도 가장자리가 시들거나 절단면이 갈색으로 변해버린 채소로는 그 본연의 맛을 느낄 수 없다.

'본연의'라는 말을 채소가 듣는다면 별로 달갑지 않을 것이다. 미카코가 그렇게 표현했을 때는 느낌이 달랐지만 막상 채소 입장에서 보면 화가 치밀지도 모른다. 자기는 있는 힘껏 채소인데, "너는 본연의 맛이 나지 않아"라는 말이나 듣는다면 기분 나쁠 것이다.

생각해 봤자 쓸데없는 일이란 건 알고 있다. "너는 가짜잖아"

라는 말을 듣는 장면을. 너는 원래 이런 사람이 아니다.—사실은 이런 사람이었던 거다. 원래 이 정도의 인간이었던 거다. 누구에게 대답해야 좋을지 몰라서 나는 내게 변명을 한다. 미카코에게일까, 아버지에게일까? 나는 그들에게 나를 크게 보이고 싶었던 것일까?

원래는 이런 맛이 아니라는 말을 들은 채소는 쓴웃음을 지을 것이다. 그리고 마음속 깊은 곳에서 조금은 기뻐할지도 모른다. 사람들로부터 기대받고 싶기 때문이다. 자신은 본연의 힘을 아직 완전히 발휘하지 않았다고 생각해 주길 바랄 것이다. 기대를 하고 안하고를 떠나서 시든 채소는 시든 채소일 수밖에 없는데, 나는 나일 수밖에 없는데 말이다.

가게에서 사 온 아스파라거스를 물에 풀어준다. 이 계절에 아스파라거스가 있다는 것 자체가 신기한 일이다. 나는 이 녹색의 가느다란 줄기만 발견하면 나도 모르게 무조건 집어들게 된다. 고향에서는 많은 농가가 아스파라거스를 키웠다. 기세 좋게 터지는 불꽃같은, 푸르디푸른 1년 된 가지. 땅 속에서 꼿꼿하게 자라난 2년 된 줄기. 그 우뚝 솟은 모습과 쑥스러운 듯한 젊음을 느끼게 해주는 향기를 떠올린다. 편의점에서 파는 아스파라거스들은 내가 어릴 적부터 먹어오던 제철 아스파라거스와는 다르다는 걸 알면서도, 그래도 사지 않을 수가 없다.

비가 내린다.

내 머리 속에도 추적추적 비가 내린다. 뭔가 생각할 게 있는 것 같은데, 그 생각이 움트면 이내 비에 쓸려 내려간다. 생각해 보았자 아무 소용없다. 이럴 때는 손을 움직이는 게 좋다. 누군가에게 배운 건 아니지만 어릴 때부터 보아서 익히 알고 있었다. 아버지도 어머니도 가만히 있지 않고 언제나 몸을 움직이셨다. 그렇게 함으로써 삶은 유지된다.

내가 할 수 있는 일은 거의 없다. 카운터를 보면서 손님이 잠시 없는 틈을 타 진열대에 물건을 채워 넣고, 특별한 시즌, 예를 들어 할로윈 때, 할로윈용 장식을 하고, 비로 인해 흥건한 바닥을 그때그때 대걸레로 닦다 보면, 그 정도만으로도 정신이 없다.

ㅡ이거 파워스톤 말이야.

아무 생각도 하고 싶지 않은데 문득 미카코의 목소리가 귓가에 되살아난다.

─돌에 소원을 비는 게 좀 그런 거 같아.

그 말을 떠올리자 의심이 들었다. 미카코가 정말 그런 말을 했던가? 그토록 다정했던 미카코가 말이다.

─그런 거, 너무 무책임하고 뻔뻔하지 않아?

분명 미카코의 목소리다. 어떤 표정이었는지 떠오르지 않는 건 아마 내가 고개를 숙이고 있어서 그녀의 얼굴을 보지 않았기 때문일 것이다.

─신사에 가면 돌을 받들어 모시거나 하는 거 본 적 있지?

미카코에게 한 말이다.

─옛날부터 돌에는 신비한 힘이 있다고 전해져 왔잖아.

이 말도 내가 한 말인가? 나중에 생각한 말인가? 그보다 나는 정말로 돌에 신비한 힘이 있다고 믿고 있었던가?

'옛날부터'라고 한 말이 너무 속보여 웃음이 난다. 옛날부터라는 건 도대체 언제부터를 말하는 건가? 어느 시간의 흐름 속 이야기인가? 나와 미카코가 대화를 나누었던 건 언제지? 그리고 그로부터 얼마나 시간이 흐른 것일까?

애초에 그런 시간 따위 셈에 넣을 수도 없을 정도로 거대한 시간의 흐름 속에 우리는 존재한다. 미카코도 나도 그 파도 사이로 사라져 버리는 존재인 걸까?

그렇다면 그걸로 되었다. 우리의 대화는 끝났어도, 끊임없이 흘러가는 시간은 언젠가 우리가 함께 보냈던 시간을 앞질러 갈 것이다. 만나지 않았던 시간도, 어떻게 되어도 좋을 커다란 흐름.

미카코의 말이 잘 생각나지 않는다. 그러고 나서 그녀는 뭐라고 말했더라?

―와아, 예쁘다.

그렇게 말하며 작은 오팔을 목 부근에 대어 보던 사랑스러운 모습이 떠오른다. 아니, 그건 내가 맨 처음에 주었던 돌이었을 것이다. 기억의 순서가 뒤죽박죽이다.

햇빛과 달빛으로 돌이 정화된다는 내 이야기에 보름달이 뜨는 밤이면 미카코는 베란다에서 오팔에 달빛을 쬐어 주었다. 그때는 언제였을까?

"여기요, 아무도 없어요?"

잡지 선반 아래를 정리하기 위해 몸을 숙이고 있던 나는 여성 손님이 찾는 소리에 퍼뜩 제정신이 들었다.

"아, 죄송합니다."

종종걸음으로 카운터로 돌아간다.

“죄송합니다.”

거듭해서 사과를 해도, 계산된 금액을 말해도, 잔돈을 건네도, “감사합니다”라며 고개를 숙여도, 그녀는 한마디도 하지 않았다.

내가 멍하니 있었던 게 첫 번째 잘못이다. 그런데 그녀와 같은 반응은 사실 한두 사람이 아니다. 아무래도 나는 여기에 있는 동안은 사람이 아닌 것 같다. 편의점 유니폼을 입는 순간부터 아무도 나를 사람으로 보지 않는다.

“시시하단다.”

아버지의 목소리가 들리는 듯했다.

옥수수밭에 바람이 불고, 잎사귀들이 사사삭 흔들린다. 하늘의 커다란 구름은 흘러가면서 땅에 그림자를 드리운다. 앞에는 바다가 보인다.

새벽 3시가 넘으면 손님이 갑자기 뚝 끊길 때가 있다. 손님뿐만이 아니라 모든 흐름이 정지해 버리는 듯한 순간이다. 시공이 뒤틀린 공간에 나만 따로 떨어져 나온 것 같은 감정에 사로잡힐 때가 있다. 편의점 밖 세상은 홍수에 마을이 잠겨 있는 듯, 아무것도 보이지 않는 캄캄한 물속에서 휘황하게 가게의 불빛만이

빛난다. 그런 장면을 나는 몇 번이나 떠올렸다.

진공상태인 듯한 먹먹한 상태에서 문득 정신을 차리고 보면 가게 안에 아무도 없다. 나 혼자다. '아, 아무도 오지 말았으면!' 하고 간절히 바란다. 마치 물에 빠진 것 같다. 이러다가는 내 목소리조차 잊어버리게 될 것 같아 불안하다. 미카코의 목소리가 들려올 것 같다. 물론 착각이다. 미카코는 없다.

소리 내어 손뼉을 쳐본다. 두 손바닥이 살짝 아프다. 박수 소리도 경쾌하다.

내 심장 박동 소리가 들린다. 미카코는 없다. 그렇다면 나는 있는 걸까? 여기에? 뭘 위해서?

카운터를 빠져나와 대걸레를 가지러 로커로 간다. 살짝 어지럽다.

"하라다 아냐?"

뒤쪽에서 갑자기 누군가 말을 걸어오는 바람에 대걸레를 떨어뜨릴 뻔했다. 손님이 있을 때 청소를 하면 안 된다고 점장한테 주의를 들은 적이 있다. 문이 열리면 벨이 울리게 되어 있는데, 내 귀에는 왜 들리지 않았을까?

"왜 이런 곳에 있어?"

뒤를 돌아보자 세미나에서 만났던 동기, 미카코와 결혼하기로
했던 남자가 서 있었다. 미소노라고 하는 그 남자는 인사 삼아 한
마디 한 듯 내 대답을 기다리는 것 같지는 않았다. 신기하다는 표
정으로 나를 보고 있다.

나는 대걸레를 든 채 미소노의 얼굴을 쳐다보았다. 할 말이 없
다. 그게 내 솔직한 심정이다. 그는 캐주얼이긴 하지만, 심야에
동네 편의점에 가는 것 치고는 꽤 말쑥한 차림이었다.

미소노는 약간 거드름을 피우는 듯한 자세로 캄캄한 창 밖을
향해 고개를 돌렸다.

"비가 그칠 것 같지 않네."

그 말을 듣고 나서야 지금 밖에 비가 오고 있다는 데 생각이
미쳤다. 미소노는 눈앞의 할로윈용 호박등을 쓰다듬으며 악의
없는 웃음을 지었다.

"세미나 성적, 나쁘지 않았잖아?"

그가 다시 물었다.

"왜 이런 데 있는 거야?"

문득 편의점 방범카메라에 지금 우리 모습이 찍히고 있겠지,
하는 생각이 들었다. 목소리까지는 담기지 않으니 둘이 무슨 얘

길 하는지 알 수는 없을 것이다. 하지만 어떤 대화가 오가는지 읽어낼 수도 있을 것 같다. 뭐라고 대답하면 이 상황이 깔끔하게 수습될까? 아무도 보지 않을 모니터를 의식하며 나는 입을 열었다.

"좋으니까."

미소노가 납득했을 거라고는 생각하지 않는다. 그에게 대답한 게 아니었다.

"여기서 일하는 게 좋아."

미소노는 내 대답을 그냥 넘기며 화제를 바꾸었다.

"미카코가 이 편의점을 피해 다니더라구. 역에서 집에 오는 길에 들르면 편할 텐데 왜 여길 이용하지 않나 했더니, 그랬군. 바로 이거였어."

미카코라는 이름을 들어도 마음속에 아무런 동요가 없다. 신기한 일이다. 미카코라는 이름의 다른 사람 이야기를 듣는 것 같다.

'눈앞의 이 남자는 이 얘기를 하기 위해 일부러 여기까지 온 거구나' 생각했다. 가벼운 차림 같지만 실은 한참을 생각하고 옷을 골랐겠지. 미카코의 이름을 말할 때, 내 반응이 어떤지 궁금해서 가슴이 두근댔을지도 모른다.

“그게 뭐가 이상해?”

관대한 체하던 미소노의 얼굴이 한순간에 일그러졌다. 나는 조금 웃었던 것 같다.

의도된 웃음은 아니었다. 나도 모르게 다음과 같은 말이 튀어나왔다.

“시시해.”

입 밖으로 내뱉고 보니 어쩐지 정말 시시해져 버렸다. 참으려 해도 큭큭큭 웃음이 새어 나왔다.

우산을 쓴 미소노의 등이 이내 창 밖 어둠 속으로 사라져갔다. ‘미카코가 기다리고 있겠지!’ 생각하다가 그만두었다. 생각해 봤자 어쩔 수 없는 일이다. 웃은 걸로 충분하다. 이 일을 좋아한다고 얘기한 것만으로 충분하다. 아주 잠깐이긴 하지만, 침몰하던 배에 불이 반짝 켜진 듯한 기분이 들었다. 어차피 파도에 잡아먹혀 가라앉을 거라면, 그 잠시 동안만이라도 불을 켜놓아야지. 그렇게 하면 최소한 다른 배를 같은 상황에 휘말리지 않게 할 수 있을지도 모른다.

잠시 일을 쉬었다.

생각해 보니 일을 시작한 이후로 공휴일 외에는 쉬는 게 처음
이다.

—정말 맛있어.
—느낌이 좋아.
—부드럽고.
—그리운 맛이야.

미카코의 말을 믿고 하라이에 가 보기로 했다. 여느 때와 같은
육교를 여느 때보다 조금 이른 시간에 올라간다. 나날이 해가 빨
리 진다. 서쪽 하늘에 노을이 번지고 있다.

누군가가 부족한 것 같은 기분이 든다.

'미카코가 있었더라면 좋았을 텐데!' 딱 한 번만 그렇게 생각
하는 것을 나에게 허용했다. 정말 맛있다, 라고 서로 말하며 수프
를 먹었더라면 좋았을 텐데. 고향의 옥수수 이야기를 나눴더라
면 좋았을 텐데. 미카코에게 있어서 그리운 맛이 어떤 맛인지 물
어봤더라면 좋았을 텐데.

아버지와 어머니가 계셨다면 좋았을 텐데.

계단을 오르며 생각한다. 아버지와 어머니는 딱 한 번이 아니라 늘 생각해야지. 다음 휴가때는 돌아가야겠다. 언젠가 내가 사는 마을을 보여 드려야지. 조금은 웃을 수 있게 된 아들의 모습을 보여 드려야지.

넓은 하늘에 핑크빛 저녁노을이 번지고 있다. 이제 곧 육교 꼭대기다. 거기서 바라보면, 앞은 바다다.

예약 6

어디선가 그 냄새가 감돌고 있다. 뭐라 말로 설명하기 힘든, 콧속 깊은 곳까지 얼얼해지는 듯한 시큼함과 탄내, 그리고 아주 약간의 단내가 뒤섞인 그런 냄새.

냄새에도 만약 색깔이 있다면 캐러멜을 태운 듯한 색일 것이다. 실제로 캐러멜을 태우면 냄비 바닥이 시커멓게 타 눌러붙어버릴 테니 검은 냄새라고 해야 하는 걸까? 그 색깔의 인상을 말하자면, 검은색이라기보다는 탄 갈색, 맛있어야 할 음식이 무참히 타버린 후의 색이다.

냄새의 출처를 확인하지 않으려고 앞만 보며 걸었다. 오랜만에 방문한 마을 역앞 로터리는 사람들로 넘쳐났다. 오늘이 바로 봄가을에 한 번씩 고서 시장이 열리는 날이기 때문이다. 그다지 큰 마을이 아니라서 초저녁부터 밤까지 찬찬히 둘러볼 생각이었는데, 그 냄새로 인해 즐거워야 할 시간에 찬물을 끼얹은 것 같은 기분이 들었다.

어린 시절엔 이 냄새가 특별한 것인 줄 미처 몰랐다. 좋지도 않았지만 딱히 싫지도 않은, 그저 가끔씩 공기 중을 감도는 냄새. 그런데 냄새는 언제나 묘한 두근거림을 몰고 왔다.

"이건 무슨 냄새야?"라고 물으면, 부모님은 고개를 갸웃거렸다. 때로는 미소를 띠며 지나간 적도 있고, "루카는 코가 예민하구나"라며 내 머리를 쓰다듬어 주기도 했다. 그러니까 나는 몰랐던 것이다. 내가 맡는 냄새를 다른 사람은 맡지 못한다는 것을.

언젠가 증조부의 50주기 제사가 있어 친가 쪽 친척들이 모두 모인 적이 있었다. 그다지 슬픔이 남아 있지 않은 법회였다. 그때 나는 열 살, 초등학교 4학년인가 5학년 무렵이었다. 절에서의 법회가 끝나고 식사가 시작되었을 무렵 갑자기 그 냄새가 났다. 그때까지 경험한 적이 없을 만큼 강렬한 냄새였다. 뒤늦게 도착해 막 내 앞쪽에 대각선으로 앉은 작은아버지에게서 나는 냄새인 것 같았다. 아버지는 4형제였는데, 그 중 작은아버지는 아버지 바로 밑의 동생으로 우리와는 한동네에 살았기 때문에 자주 왕래가 있었다.

그날은 작은어머니와 이제 곧 돌을 맞이하는 사촌동생도 함께였다. 언젠가 부모님은 내가 어릴 적 입었던 기모노를 쿠루미라는 이름의 그 아이에게 물려주자는 이야기를 하신 적이 있다. 그 이야기를 들었을 때 나는 그저 '아아, 그렇구나!' 하고 생각했을 뿐 특별한 감정 같은 건 없었다. 오히려 마음이 놓이는 기분이었다. 내가 한 살 때 입었던 기모노, 두 살 때, 세 살 때 입었던 기모노…… 그것을 소중히 입어 줄 아이가 있다면 그걸로 됐다고 생각했기 때문이다. 원래대로라면 내 여동생이 입었어야 했겠지만 우리 집에서는 끝내 여동생도 남동생도 태어나지 않았다.

아무튼 아껴두었던 옷을 물려주자는 얘기가 나올 정도로 작은집과는 가까운 사이였다. 그래서 맘 편히 말을 꺼냈던 것 같다.

"작은아빠한테서 이상한 냄새가 나요."

시큼한 탄내. 너무나 강렬한 냄새라서 주변 사람들도 다 눈치챘을 거라 생각했다. 하지만 작은아버지는 여느 때처럼 쾌활하게 웃으며 나를 바라보았다.

"이를 어쩌나! 루카쨩, 작은아빠한테서 냄새 나니?"

그렇게 말하며 양복 소매를 자신의 코에 갖다 댔다. 굳이 맡아 볼 것도 없이 냄새가 났다. 하지만 작은아버지 건너편에서 아기를 안고 있는 작은어머니의 온화한 미소를 보았을 때, 나는 난생처음으로 내 코가 정말 유별난 게 아닌가 하는 의심이 들었다. 작은어머니도 그 냄새를 맡지 못하는 것 같았다. 주변 사람들의 코가 이상한 것이 아니라 어쩌면 내 코가 이상한 걸지도 모른다는 생각이 비로소 들었다.

"미안해요, 얘가 좀 후각이 별나요."

엄마가 끼어들어 수습해 주었다. 작은아버지는 내 말에 기분 나빠하지 않고 학교생활은 즐거운지, 좋아하는 친구가 있는지 등등 내게 이것저것 관심을 보이셨다. 하지만 나는 아무런 대답도 할 수 없었다. 작은아버지가 내게 말을 걸면 걸수록 그 냄새가 더 심해졌다. 다른 사람들은 어째서 이 냄새를 맡지 못하는 걸까, 혹시 냄새가 나지 않는 척 연기하고 있는 건 아닐까 하는 생각으로 혼란스러웠다.

그때, 가장 상석에 앉아 이쪽을 바라보고 계시던 할머니와 눈이 마주쳤다. 할머니는 본가에 살고 계셔서 설날 정도밖에 뵙지 못했다. 엄한 분이라고 아버지는 자주 말씀하셨다. 그런 할머니가 몇 명이나 되는 사람들의 머리 사이로 나를 보며 뭔가 속삭이셨다. 의미는 알 수 없었지만 할머니의 진지한 눈빛에 나도 모르게 고개를 끄덕이고 말았다.

식사가 끝나고 모임이 파한 후 할머니와 작은아버지가 주차장 구석진 곳에 함께 있는 것을 보게 되었다. 추운 날이었다. 검은 나뭇가지에 흰 매화꽃이 피어 있었다. 할머니는 검은 기모노를 입고 등을 꼿꼿이 편 채 서 계셨다. 그 옆에는 조금 전까지 그토록 쾌활했던 작은아버지가 얼굴을 일그러뜨린 채 서 있었다.

그가 울고 있다는 걸 눈치 챈 건 아버지의 차에 올라타고 나서였다.

"아빠, 작은아빠가 울어."

뒷좌석에서 내가 이렇게 말하자 "작은아빠가 울긴 왜 울어"라며 아버지는 웃으며 부정했다.

그도 그럴 것이 아무리 엄한 할머니라 해도 즐거운 시간을 보낸 후에 자기 아들을 쓸데없이 왜 울리겠는가. 분명 그건 내가 잘못 본 거였어 하는 생각이 들었다.

그런데 그건 엄연한 사실이었다. 덩치 큰 작은아버지가 자신의 어머니 앞에서 고개를 숙이고 있었다. 할머니는 무서운 얼굴을 하고 있었던 것 같지는 않다. 그리고 그 냄새. 고개를 끄떡하며 내게 보내온 신호. 많은 암호들이 어딘가를 향해 꿈틀대고 있었다.

그리고 얼마 후 작은아버지는 사라졌다. 부모님이 인상을 찌푸리며 선물(先物)이 어떻고 빚이 어떻고 하는 이야기를 나누는 걸 듣기는 했지만 자세히는 알 수 없었다. 작은어머니와 쿠루미짱은 아무것도 모른 채 집에 남겨져 있다고 했다. 작은아버지가 도망쳐서 어떻게 될 거라는 이야기였던가? 잘 모르겠다. 단지 내가 기억하는 건 그때가 마침 히나마츠리(3월 3일. 여자아이들의 성장을 비는 일본의 축제일-옮긴이) 무렵이었기 때문에 쿠루미짱이 히나아라레(히나마츠리에 먹는 튀밥-옮긴이)를 먹었을까 잠시 생각했다는 것뿐이다. 아빠는 없더라도 엄마와 둘이서 히나마츠리를 잘 보내길 바랐다.

나만 맡을 수 있었던 그 냄새가 불길한 것이라고 인정하고 싶지 않았던 것인지도 모른다. 예를 들어 그 후에도 대학입시나 취직시험 같은 때 그 냄새가 주변에 어렴풋이 감돌았던 기억이 난다. 알기 쉬운 힌트였다. 나는 눈치 채지 못한 채 그냥 지나치고 싶었다.

인생의 큰 고비와 전혀 상관없는 일상생활에서도 그 냄새는 어디선가 슬며시 감돌며 나를 불안하게 만들곤 했다. 탄내 같기도 하고 시큼하기도 한 그 냄새의 정체를 알게 된 것은 좀 더 나중의 일이다.

내가 스물두 살 때였다. 회사 경리부의 예쁜 선배에게서 강렬한 냄새가 뿜어져 나와 소름이 끼쳤다. 냄새가 나서 슬펐다. 그리고 그녀가 붙잡힌 것은 몇 주가 지난 후였다. 부정을 저질렀다고 했다. 마지막에 본 그녀의 창백한 옆얼굴이 분명히 말해 주고 있었다. 실패했어, 라고.

그것은 실패의 냄새였다. 남자에게 속아 회사 돈에 손을 댔던 그녀의 무엇이, 도대체 어디서부터가 실패였던 것일까? 부정행위는 명백한 실패였다. 하지만 어쩌면 그 시점에서의 그녀는 부정행위 자체보다도 들켰다는 사실을 실패라 생각하고 있었을지 모른다. 또한 그 사건 때문에 남자와의 관계가 틀어진 것이야말로 그녀에게는 가장 큰 실패였는지도 모른다. 나쁜 남자에게 속은 것도, 애초에 그런 남자를 만난 것도 옆에서 보기에는 모두 실패로 보이지만, 그런 식으로 하나하나 부정해 나간다면 대체 어디까지 거슬러 올라가야 하는 걸까? 실패라는 건, 그런 식으로 인생을 거슬러 올라가다 보면 언젠가 모든 것이 서서히 잠식되어, 결국 태어난 순간부터 실패로 치부될 것이다. 실패에 좀먹힌 그녀는 아마도 살아갈 힘을 잃어버릴 것이다.

그녀의 실패에 대해 생각하고 있던 나는 오싹해졌다. 나는 실패의 냄새를 알고 있다. 이것이야말로 선천적 실패가 아닐까?

냄새를 맡았을 때는 이미 늦은 때이다. 누군가 어떤 일에 실패하고 있는 중인 것이다. 다른 이들의 운명의 뭔지 모르는 괴로운 부분을 내가 알아채 봤자 뭘 어쩌겠는가? 그런 냄새라면 차라리 맡지 못하는 편이 낫다.

가끔은 혼자 방안에 있을 때도 어렴풋이 그 냄새를 맡곤 한다. 나에게서 나는 실패의 냄새다. 그걸 알아채는 순간 나는 냉정해진다. 자신의 실패를 감지할 수 있다는 것은 도움이 된다. 실패하는 도중에 눈치 챌 수 있다면 미리 손을 쓸 수도 있기 때문이다.

그 냄새를 맡게 되면 나는 신중하게 신변을 점검하고 가장 실패의 가능성이 높은 일부터 손을 떼기 시작한다. 그렇게 나는 진로도 친구 관계도 냄새가 없는 쪽으로 선택하고, 가능한 한 확실한 길로 한 발 한 발 나아가기에 이르렀다.

바로 그 실패의 냄새다. 고서 시장 한가운데서 오랜만에 강렬한 냄새를 맡았다. 지금 나를 스쳐 지나간 사람일까? 외면하고 싶어서 순간적으로 고개를 숙였기 때문에 어떤 사람이었는지 알 수 없다. 고서 시장을 구경하러 온 사람이라면 어쩐지 얄궂다는 생각이 들었다. 많은 지혜, 지식, 추리, 사람 사는 이야기 등의 책으로 꽉 차서 북적거리는 이 고서 시장에서 그 냄새를 맡다니 말이다.

문득 작은아버지가 떠올랐다. 작은아버지도 책을 좋아했다. 그 일로부터 20년 가까이 흘렀으니 이제는 그의 얼굴이 떠오르지 않을 법도 한데 왠지 작은아버지의 웃는 얼굴이 선명하게 떠올랐다.

멈춰 서서 하늘을 올려다보았다. 조용히 심호흡을 한번 하고 조심스레 주변을 둘러본다. 작은아버지가 아니다. 작은아버지일 리가 없다고 생각하면서도 그날과 같은 강렬한 냄새에 마음이 괴로웠다.

로터리 안쪽에는 나무가 심어져 있다. 산딸기 나무인 것 같다. 아직 꽃을 피우지 않은 그 가지에 자그마한 흰색 꽃들이 흔들리는 것이 보였다. 매화. 그날의 50주기 주차장에 피어 있던 바로 그 매화다.

순간 뒤를 돌아보며 등을 찾았다. 그날의 작은아버지의 등. 아니 정말로 찾고 있었던 것은 그날 이전의 쾌활했던 작은아버지의 등일지도 모른다.

길 양편에는 음식을 파는 노점상들이 늘어서 있었다. 양복 차림의 신사, 여학생, 노인 등 다양한 손님들이 가격을 물어보면서 한가로이 길을 거닐고 있다.

거기에 작은아버지의 등은 없다. 그런데 문득 화사한 흰색 셔츠를 입은 사람이 등을 구부정하게 하고 걸어가는 모습이 보였다. 나는 주저하지 않았다. 종종걸음으로 그를 따라잡고는 뒤에서 말을 걸었다.

"저기, 실례해요."

그 사람은 뒤돌아보지 않았다. 등을 구부린 채 잰 걸음으로 걸어가고 있었다. 반 발짝 뒤에서 그를 따라 걸었다.

"실례할게요."

다시 한 번 말을 걸자 그가 놀란 듯 발걸음을 멈추고 뒤를 돌아봤다. 당시의 작은아버지보다 훨씬 젊은 청년이었다.

그는 뒤를 돌아보기는 했지만 입을 꽉 다문 채 아무 말도 하지 않았다. 바보같이 나 역시 아무 말도 하지 못했다. 말은 걸었지만 뭐라고 말해야 할지 생각이 나지 않았기 때문이다.

"괜찮으시면……."

목구멍 안쪽에서 간신히 목소리가 나왔다. 필사적이었다. 그날의 작은아버지에게 말을 걸고 있는 것 같은 기분이었다.

"괜찮으시면 차 한잔 하실래요?"

청년은 한 박자 쉬었다가 단호하게 고개를 옆으로 흔들었다.

"싫습니다."

"아니 저 이상한 사람 아니에요. 아, 저기 자판기가 있으니까 근처 벤치에서 따뜻한 차 한잔 마시지 않을래요?"

그와 앉을 벤치를 급히 찾아보았지만 몇 갠가 있는 벤치는 모두 사람이 앉아 있었다.

"저 지금 차 마실 기분이 아닙니다."

청년은 솔직하게 대답했다.

"꼭 차가 아니어도 돼요. 주스나 커피라도."

"그러니까 주스고 커피고 필요 없다구요. 그럴 상황이 아니에요."

나의 제안을 퉁명하게 거절한 청년은 이내 입을 다물었다. 모

172

르는 사람과 대화를 나누고 싶은 기분이 아니었을 것이다.

"죄송했습니다."

먼저 사과부터 했다. 그리고 이 한마디를 덧붙이지 않을 수 없었다.

"조심해서 집에 돌아가세요."

'집에 돌아가세요'라는 부분을 나는 특히 강조했다. 이대로 어디론가 떠나버릴 것 같았기 때문이다. 나는 그가 제대로 집에 돌아가 주길 바랐다.

청년은 아무 대꾸도 없었지만, 그렇다고 가던 길을 계속 갈 것 같은 기색도 아니었다. 주머니에 손을 찌르고 그는 땅바닥만 쳐다보고 있었다. 뭔가 떨어졌나 싶어 나도 같이 땅바닥을 쳐다보았다.

"이제 돌아갈 곳도 없는걸요."

청년의 말에 당황하여 고개를 늘었다.

"그렇지 않아요. 돌아갈 곳은 분명……."

조바심이 나니까 말끝이 흔들렸다.

"분명 있을 거예요."

내 거짓말에 현기증이 날 것 같았다. 이 사람이 어떤 실패를 했는지 어떤지도 정확히 모르면서 돌아갈 곳이 있다는 둥 이런 말을 왜 하고 있는 걸까? 인간의 무책임한 말들은 어디로 전해지는 걸까? 내 입에서는 실패의 냄새보다도 더 고약한 냄새가 나고 있는 것 같은 기분이 들었다.

청년이 천천히 고개를 들었다.

"차, 마실까요?"

그렇게 말하며 빨간 자판기 쪽을 돌아봤다.

"생각해 보니 목이 마르네요."

미소를 지으려는 그의 입가가 부자연스러워서 애처로웠다. 조금 전, 지금 그럴 상황이 아니라고 했던 말이 실은 그의 가장 정직한 심정일 것이다. 차를 마신다고 해서 달라지는 것은 없다. 하지만 달라지지 않으면 안 된다. 이 사람 역시 어디론가 사라져 버릴 것 같아 모르는 사람인데도 나는 조바심이 났다.

어떻게 하지? 어떻게 하면 좋을까? 일단 자판기에서 음료수 두 개를 뽑아 하나를 그에게 건넸다. 빈 벤치가 없어 길가의 화단 가장자리에 나란히 앉았다.

그는 목이 마르다고 해놓고 음료수에는 입도 대지 않았다. 그는 다리를 앞으로 뻗고 고개를 들고 있었는데, 그의 눈에는 옆에

174

앉은 나는 물론 행인들도, 건너편의 초목도, 오랜만에 맑게 갠 하늘도 전혀 들어오지 않는 듯했다.

역시 내가 할 수 있는 일 따위는 아무것도 없다. 지금까지 몇 번이고 경험해 왔던 일이다. 누군가의 실패의 냄새를 맡아봤자 내가 할 수 있는 일은 아무것도 없었다. 용기를 내어 말을 걸어보아도 한 발자국도 움직일 수 없었다. 그럴 바에야 애초부터 눈치채지 못하는 편이 훨씬 낫다.

이 사람을 조금이라도 위로해 주고 싶은데 어떤 말을 해야 할지 입이 떨어지지 않았다. 그의 주위엔 여전히 실패의 냄새가 감돌고 있었고 나는 괴로웠다.

"국화 모종 키우는 일을 하고 있어요."

메마른 목소리가 청년의 입에서 흘러나왔다. 청년은 뚜껑도 열지 않은 페트병을 한 손으로 꽉 움켜쥐고 있었다.

"그런데 온도 관리를 잘못해서……."

'아아'라든지 '네에'라든지 적절하게 맞장구를 쳐주고 싶은데, 나는 고개만 끄덕였다.

"천 개의 모종 중 단 한 개도 자라지 않았어요."

굉음을 울리며 전철이 지나간다. 천 개의 모종. 추분쯤에 보게 되는 그 국화를 말하는 건가?

"대체 나는 뭘 한 걸까요? 온도 관리 같은 건 기본 중의 기본인데."

너무 긴장하고 있었기 때문일까? 오히려 맥이 풀려 버렸다.

국화. 국화 말인가? 선물거래도 취직시험도 부정한 경리도 아닌 국화. 실패라는 단어와는 이미지가 연결되지 않았다. 세상에는 여러 사람이 있고, 여러 직업이 있고, 여러 종류의 실패가 있는 법이다.

"그 국화는, 그러니까, 멸종위기의 종이라든가……?"

청년은 무표정한 얼굴로 나를 바라보았다.

"무슨 말인지?"

"아뇨, 그냥 어쩐지……."

"모차르트가요."

"네?"

"모차르트가 국화에 좋다고 해서 싹이 막 났을 때부터 들려줬어요. 나는 모차르트 같은 거에 흥미도 없는데."

"국화에게 모차르트 음악을요?"

청년은 고개를 끄덕였다.

"예쁜 꽃을 피우게 한다는 건 순 거짓말이었어요."

그는 조용히 한숨을 내쉬었다.

"이럴 줄 알았다면 온실에 가라오케를 들여놓고 좋아하는 노래를 직접 불러줄 걸 그랬어요."

누군가의 실패를 아무것도 아닌 일로 취급해서는 안 된다. 당사자가 아니고서는 실패의 무게를 짐작할 수조차 없다. 하지만 당사자가 아니기 때문에 더 잘 알 수 있는 것도 있다. 이 사람이라면 분명 괜찮다. 이번 실패로 못쓰게 되는 일 따위는 일어나지 않을 것이다. 국화이기 때문일까? 국화라는 말에서 온기가 느껴졌기 때문일까? 온기가 있는 동안에는 괜찮을 거라는 생각이 들었다.

이 사람은 가라오케에서 어떤 노래를 부를까? 그의 노래를 들은 국화는 어떤 꽃을 피울까?

힘없이 고개를 떨구고 있는 청년을 나는 가만히 바라보았다.

갑자기 그가 고개를 들었다.

"잘 마셨습니다."

그는 마시지도 않은 음료수를 살짝 들어 올려 보이더니 화단에서 일어섰다.

"이만 가볼게요."

괜찮다고 생각했다. 하지만 그의 모습이 태양 때문에 흔들려 보이자 갑자기 불안해졌다. 작은아버지 때도 알아채지 못했다. 나뿐만 아니라 작은어머니도, 작은아버지의 형인 우리 아버지도 알아채지 못했다. 어딘가로 가버려서, 그래서 편해질 수 있는 거라면 그나마 괜찮다. 하지만 분명 그렇지 않을 것이다. 그들은 자신이 도망쳐 온 곳과 두고 온 사람들을 영원히 잊지 못할 것이다.

"잠깐만요."

나는 급하게 말을 건넸다.

"내일도 우리 만나지 않을래요?"

아주 어렸던 사촌동생의 얼굴이 몇 년 만에 떠올랐다. 이 사람은 젊으니까 아직 아이는 없겠지? 하지만 가족 누군가에게 그런 일을 겪게 해서는 안 된다.

"네?"

청년은 이상하다는 듯 두 눈을 깜빡였다.

"만날 약속을 하면 당신은 그것을 지키려고 할 거고, 약속을 지키고 나면 또 집으로 돌아가지 않을까 해서요."

"저기, 무슨 말을 하는 건지 잘 모르겠는데요."

나도 내가 무슨 말을 하고 있는 건지 몰랐다. 갑자기 창피해졌다. 조금 전까지 모르는 사람이었던 내가 이 사람을 실패의 늪에서 끌어올릴 수 있을 리 없다.

"죄송합니다. 이제 됐습니다. 제 얘긴 잊어주세요."

청년은 고개 숙여 자신의 얘길 잊어 달라고 부탁했다. 실패를 잊을 수 없다면, 희석시켜 버릴 수는 없을까? 밥을 먹거나 전철을 타거나 잠을 자거나 그런 일상의 농도를 높여서 실패를 묽게 하는 거다. 그러면 상처는 작아지지 않을까? 아마도 사랑하는 사람들로부터 아예 모습을 감춰야 할 만큼의 타격은 입지 않을 것이다.

"무슨 일 있으세요?"

고개를 들자 아직 그곳에 청년이 서 있었다. 앞에서 가만히 나를 바라보고 있다.

"아니오, 진 아무 일노⋯⋯."

"아무 일 없는 얼굴이 아닌데, 괜찮아요?"

괜찮지 않은 건 당신이잖아요. 무슨 일이 있는 건 당신이잖아요. 하지만 아무 말도 할 수 없었다.

"고마워요. 괜찮아요."

나는 제대로 웃는 얼굴을 보여주었던 걸까. 아무것도 해줄 수 없다면 적어도 환한 웃음을 보여주고 싶었다. 이제부터 다시 실패로 인해 풀이 죽을 사람에게.

가을 고서 시장은 무척이나 맑고, 하늘은 높았다. 역앞에 논이나 밭 같은 건 없을 텐데, 바람에 실려 보리가 익어가는 그리운 냄새가 풍겨왔다.

누군가 갑자기 뒤에서 말을 걸어왔다.

"실례할게요."

젊은 남자의 목소리였다. 뒤를 돌아보고 처음 보는 사람이라 다시 한 번 놀랐다. 사람을 착각하는 건 당하는 쪽에서도 민망한 일이다. 상대도 분명 그렇겠지 생각했는데, 왠지 싱글벙글 웃고 있다. 동행한 여성에게 한두 마디 속삭이니 그녀도 활짝 웃는다.

"드디어 만났네요."

본 적도 없는 얼굴의 사람이 드디어 만났다고 하니 불안해졌다. 그러고 보니 어디선가 들어본 적이 있는 목소리 같았다. 누구더라? 어디서 봤더라? 아니면, 역시 사람을 착각한 건가?

내가 당황한 것을 눈치 챘는지 그는 다시 한 번 "실례할게요"

라고 말했다.

"반 년 전쯤 여기서 딱 한 번 만났던 사람입니다. 아는 게 아무 것도 없어서 여기를 지나갈 때면 혹시 당신이 지나가지 않을까 해서 두리번거렸어요."

"아아—."

분위기가 너무나 달라져서 미처 그를 알아보지 못했다.

"혹시, 국화꽃?"

'시들었던 사람에게 물기가 돌아오면 이렇게 키가 자라는 건 가' 생각하며 그를 올려다보았다.

"기억하시는군요. 저, 계속 후회하고 있었어요. 도움을 받았는데 그때 고맙단 말도 제대로 못해서."

"아니오, 저는 아무것도 한 일이 없는데요. 건강해 보이셔서 다행이에요."

말하고 나서 이내 후회했다. 건강해 보이다니, 마치 나쁜 병에서 회복한 사람에게 건네는 말 같다.

나쁜 병……. 그러고 보니 지난번 이 사람과 만났을 때 마침 그런 책을 샀었다. 고서 시장을 둘러보다가 발견한 《죽음에 이르는 병》이라는 제목의 책이었다. 나는 책을 좋아해서 자주 읽지만 난

치병에 대한 책은 피해 왔다. 늘 울게 되기 때문이다. 반드시 울어버리고 만다는 걸 알면서도 읽는 책이란, 불길한 냄새를 눈치챘으면서도 피하지 않는 실패와도 같다.

그러니까 왜 그런 책을 골랐는지 나도 잘 모르겠다. 갈색 표지의 그 책을, 다른 여러 권의 책과 함께 그때 고시장에서 샀다.

"당신이 도와주지 않았다면 지금쯤 저는 어떻게 됐을지 모르겠어요. 정말 감사드립니다."

조금 기분이 나빴다. 그런 인사를 거듭 들을 정도의 일은 하지 않았으니까.

"아니에요. 저는 정말 아무것도 한 일이 없어요."

"저기……."

청년의 옆에 있던 여자아이가 조심스럽게 끼어들었다. 머리가 짧고 피부가 하얀, 성실해 보이는 귀여운 아이였다.

"이 사람이 하는 말 진짜예요. 길을 걷다가 우연히 누군가 친절한 사람이 도와줬다고. 그때 차를 마시며 이야기를 나눈 후 비로소 정신을 차렸다고 했어요."

실패의 냄새를 풍기고 있던 청년을 불러 세워 자판기에서 음료수를 하나 사 주었던 건 사실이다. 하지만 그뿐이다. 게다가 그는 음료수에는 입도 대지 않았다. 본격적인 상담을 해준 것도, 뭔가 힘이 되는 말을 건넨 것도 아니었다.

"국화꽃 모종을 전부 못쓰게 만들어서 풀이 죽어 있던 이 사람을 다정하게 웃어 주었다고……."

이 사람을? '이 사람에게'가 아니라?

"웃어 주었다구요?"

의미를 이해할 수 없었다. 웃었던 기억조차 없었다.

하지만 눈앞의 청년도, 이 여자아이도 장난을 치는 것 같지는 않다. 고서 시장의 인파 속에서 두 사람은 반듯하게 나란히 서 있었다.

"지금 시간 되세요? 괜찮으시면 차 한잔 어떠세요? 아, 자판기 말구요."

청년이 쉬지 않고 말했다. 이어서 그녀가 로터리 건너편을 가리켰다.

"근처에 맛있는 가게가 있어요. 항상 만원인데, 이 시간이면 차 정도는 마실 수 있지 않을까 싶어요."

양쪽 인도에는 고서를 실은 가판대가 줄지어 있다. 버스와 택시밖에 다닐 수 없는 차도가 안쪽으로 둥글게 원을 그리고 있고,

그 안쪽이 광장을 이루고 있다. 둥글게 원을 따라 벤치들이 있고, 광장 중심에 그다지 크지 않은 분수대가 있다. 마침 분수가 멎어서 건너편을 볼 수 있었다. 건너편에도 길을 따라 고서를 실은 가판대들이 줄지어 있다. 거기서 또 건너편이다. 몇 갠가 되는 가게들 중 빨간 차양이 튀어나와 있는 가게였다.

"이런 날이니, 역시 붐비려나?"

주변의 가판대를 신경 쓰며 그녀가 한 말이다.

"제가 잠시 보고 올게요."

내 대답도 듣지 않고 그녀는 가게 쪽으로 달려가 버렸다. 그 뒷모습을 본 청년이 가볍게 고개를 숙였다.

"죄송해요, 앞서 나가서. 그치만 정말로 꼭 한 번 만나보고 싶다는 얘길 했거든요."

"좋은 여자친구네요."

내가 이렇게 말하자 청년은 쑥스러운 듯 웃었다.

"사실은 제가 아니라 그녀가 먼저 눈치를 챘어요. 저를 구해 준 게 당신이라는 걸."

무슨 말인지 알 수가 없으니 아무 말도 할 수 없었다.

"그녀에게 그 말을 듣기 전까지는 제가 얼마나 위험했는지 알지 못했죠."

위험했던 이야기를 하고 있는 거라고는 생각되지 않을 정도로 청년의 표정은 온화했다.

"그날, 간신히 집에 도착해서 밤늦은 시간에 여자친구에게 전화를 걸었는데 국화 이야기는 하지 못했어요. 도저히 말할 수 없었어요. 그녀를 좋아했고, 또 믿음도 있었는데 왜 그랬는지 말하지 못했어요. 며칠이 지나 약간 진정이 되고 나서 큰맘먹고 이야기했죠."

물이 나오지 않는 분수대 건너편 빨간 차양이 있는 가게에서 아치형 문을 열고 그녀가 나오는 모습이 보였다. 뒤에서 점원 같은 사람이 따라나와 그녀를 향해 고개를 숙였다.

내 시선을 눈치 채고는 청년이 뒤돌아본다.

"아, 자리가 없나보네요."

돌아오는 그녀의 모습을 보고 알겠다는 듯 청년은 약간 미안한 표정을 지었다.

"다른 가게를 찾아볼게요."

"아니오, 괜찮아요. 이걸로 됐어요. 전 아무것도 한 일이 없는데 이렇게 고마워하시다니, 제가 다 미안해지려고 하네요."

그렇게 강한 실패의 냄새를 발산하던 청년이 지금 이렇게 건강하게 웃고 있다니 기적처럼 느껴졌다. 다시 만날 수 있게 되어 다행이다. 이렇게 다시 시작할 수 있다, 다시 일어설 수 있다. 내가 감사하고 싶을 정도였다.

나는 돌아온 그녀와 자리를 지키고 있던 그에게 미소 지었다.

"그럼 저는 이만 가볼게요. 기억해줘서 기뻤어요. 정말 감사해요."

그러자 그녀가 세차게 고개를 흔들었다. 언뜻 보면 어린아이처럼 보이지만 실제 나이는 스무 살 정도 되는 것 같았다. 고등학생 느낌은 들지 않았다.

"부탁이에요. 잠깐만 시간을 내주세요. 꼭 이야기하고 싶은 게 있어요."

청년이 아니라, 그녀가 이러는 이유를 나는 알 수 없었다.

"고집 피우지 마. 이 사람…… 아니, 이분의 사정도 있는 거니까."

'이분'이라는 말에 웃음이 나 버렸다.

"고이즈미예요. 고이즈미 유카."

"아, 죄송합니다. 저는 미즈노 후미키라고 합니다."

"저는 사에키 쿠루미예요."

길에 선 채로 세 사람이 머리를 꾸벅꾸벅 숙이고 있자니 어쩐지 무척 가까워진 기분이 들었다.

"그럼, 또 자판기 차로 건배할까요?"

내 말에 그녀가 기다렸다는 듯 고개를 끄덕이며 이내 자판기로 달려갔다.

"이 차, 괜찮아요?"

숨을 헐떡이며 돌아와 그녀는 껴안고 있던 것 중 한 병을 내게 건넸다. 반 년 전에 그랬듯 우리는 화단 가장자리에 나란히 앉았다. 청년을 사이에 두고.

"만약 당신을 만난다면……."

차를 한 모금 마시고 난 여자아이가 말을 시작했다.

"이 사람을 도와주신 답례의 인사도 하고 싶었고, 가능하면 비법도 전수받고 싶었어요."

무슨 비법을 말하는 걸까? 나는 비법이라곤 아무것도 모르는데.

"극복하는 비법 같은 거요. 전, 불안하거든요. 뭔가 큰 충격을 받았을 때, 제 자신이 얼마나 약한지 잘 알고 있어요. 정신력도

강하지 않고, 재치도 없고."

내가 이 아이 정도만 했을 때 어땠더라, 하고 생각해 보았다. 정신력이 강했던가? 재치가 있었던가? 당연히 아니다. 그것은 지금도 마찬가지다.

"무슨 일이 생겼을 때 당황해서 어떻게 극복하면 좋을지 알 수 없게 돼버려요. 그게 두려워요."

"괜한 걱정 아닐까요?"

달리 할 말이 생각나지 않았다. 극복하고 말고가 없다. 극복할 수 있을 때는 극복하는 것이고, 극복할 수 없을 때는 무슨 짓을 해도 극복할 수 없는 것이다. 그런 생각이 든다.

어떻게든 될 거라고 말할 용기도 없다. 그렇게 말하면 꼭 인생을 달관한 것 같고, 또 그런 것이 비법일 리 없으니까.

"더 무서운 건, 소중한 누군가에게 무슨 일이 생겼을 때 아무것도 해 줄 수 없다는 거예요. 이번에 절실하게 느꼈어요. 저로서는 그 모든 게 무리라는 걸."

"그렇지 않아요."

또 설득력 없는 소리를 한다고 스스로 생각한다. 청년에게, 그러니까 미즈노 씨에게 도움을 구하려고 옆을 쳐다보았지만 그 옆에 앉은 그녀가, 그러니까 사에키 씨가 몸을 앞으로 내밀고 나를 빤히 바라보고 있었다.

"아무것도 해줄 수 없다니, 그건 아닐 거라고 생각해요. 정말로 소중한 사람이라면 분명 필사적으로 매달려서 해줄 수 있는 뭔가를 찾아내려 할 거예요. 실제로 미즈노 씨는 사에키 씨에게 많은 도움을 받았을 거라 생각해요. 그렇죠, 미즈노 씨?"

내 말을 넘겨받으며 미즈노 씨는 고개를 끄덕였다. 사에키 씨는 그걸로 만족하지 못하는 듯했다.

"하지만 고이즈미 씨는 우연히 지나가던 사람에게까지 뭔가를 해주셨잖아요."

"으응" 하며 고개를 흔들었다. 아무것도 할 수 없었다. 어쩌면 그냥 지나가는 사람이었기 때문에 쉽게 말을 걸 수 있었을지도 모른다. 좀 더 가까운 곳에 있는, 무슨 짓을 해서라도 돕고 싶은 상대였다면 그렇게 말을 걸 수 없었을 것이다. 실제로 나는 이제까지 아무도 돕지 못했다. 다른 이들과 달리 냄새로 실패를 미리 알 수 있었는데 아무에게도 말해 주지 않았다.

"만약에 그날, 고이즈미 씨를 만나지 못했다면 이 사람은 영원히 돌아오지 않았을지도 몰라요."

"설마 그런 일은……."

'없었을 거예요'라고 말하려다가 결국 돌아오지 않은 사람의 냄새가 떠올랐다.

"웃어주셔서 고마웠어요. 공감하는 웃음은 정말 중요한 것 같아요."

사에키 씨의 말은 계속되었다.

"상대가 웃어주는 것만으로도 마음이 편안해질 수 있는 거였어요."

"저기, 저는 잘 기억이 안 나는데, 제가 왜 웃었나요?"

우리 사이에 끼어 있던 미즈노 씨가 살짝 웃었다.

"제가 국화를 전멸시켰다고 했을 때요."

"죄송해요. 웃었다고 생각 못했는데."

실례를 저질렀던 것이다. 국화라는 말을 듣고 웃어 버렸던 것일까? 좀 더 심각한 사건이었다면 웃지 않았을 것이다.

심각한 사건과 심각한 공기. 그렇다, 작은아버지 때도 아무도 웃지 않았다. 모두들 입을 다물고 인상만 찌푸리고 있었다.

"아니오, 전 정말 그걸로 세상이 바뀌었어요."

미즈노 씨의 말에 사에키 씨도 고개를 끄덕였다.

"저였다면 그러지 못했을 거예요. 이 사람에게 동조되어 어두운 얼굴을 하고서, 함께 풀이 죽어 둘 다 망했을 거예요."

공감해 주는 사람의 존재는 중요한 것 같다. 하지만 어쩌면 혼자 우울하고, 숨이 막히고, 더 이상 도망갈 데가 없다고 생각될 때, 곁에서 누군가 웃어준다면 기분이 싹 풀리거나 하는 경우도 있을지 모르겠다.

"아, 그런 건가!"

갑자기 내가 큰 소리를 내자 두 사람은 동시에 나를 쳐다보았다.

"웃길 잘했네요."

빚도, 불합격도, 횡령도, 남자에게 속은 것도, 그냥 웃어주면 되는 거였다. 그건 그저 실패인 거니까. 그것뿐이니까.

"키에르 케고르가 말했어요. '죽음에 이르는 병은 절망'이라고."

고서 시장에서 샀던 그 책은 사람을 울리는 소설도 논픽션도 아닌 철학서다.

"실패 자체는 병이 아니다. 절망만 하지 않으면 된다."

이 두 사람에게 하는 말이 아니었다. 이 두 사람이라면 분명 괜찮을 거라는 생각이 들었다.

"고마워요."

의미를 알 수 없는 내 말에 두 사람은 당황하며 서로 얼굴을 마주보았다.

실패했더라도, 웃어주면 되는 거다. 웃으면 되는 거다. 그렇게 생각하니 이제 두렵지 않았다. 실패도, 그리고 살아가는 것도.

"왜 그러세요?"

미즈노 씨가 의아한 목소리로 물었다.

"두 분 덕분에 어쩐지 기운이 생겨났어요. 정말로 고마워요 미즈노 씨, 사에키 씨."

웃으며 고개를 숙이려다가 문득 이름이 마음에 걸렸다.

"……사에키 쿠루미 씨?"

"네."

자신의 이름을 부르니 그녀도 의아한 눈치다.

"어, 그러니까, 사에키 씨 몇 살이에요?"

"스물한 살인데요."

심장이 쿵쾅거렸다. 지금 스물한 살인 쿠루미짱은 전국에 몇 명 정도 있을까? 작은어머니의 옛 성씨는 알지 못했다.

"혹시요, 설마해서 물어보는 건데……."

내가 한 생각에 웃음이 났다. 세상이 그렇게 좁을 리 없다. 미리 웃어두고, 웃는 얼굴로 과감하게 물었다.

"혹시 아는 사람 중에 고이즈미 케이스케라고 하는 사람 없나요?"

없는 게 당연하며, 없어도 된다. 작은아버지의 이름을 오랜만에 불러보았다. 사에키 쿠루미 씨는 나를 똑바로 쳐다보며 대답했다.

"고이즈미 케이스케는 우리 아빠예요."

실패가 갈라놓았던 쿠루미짱을 실패가 다시 맺어 주었다.

누군가가 부족하다, 라고 늘 느껴왔다. 떠오르는 건 언제나 기억 속에서 희미해진 작은아버지의 웃는 얼굴이지만, 거기에 작은어머니의 웃는 얼굴이 겹쳐지고, 어린 사촌동생의 웃는 얼굴이 포개져 갔다.

작은아버지가 실종되고 얼마 후, 작은어머니는 쿠루미짱을 데리고 친정으로 돌아갔다. 나는 한꺼번에 가까운 이를 세 명이나 잃었던 것이다.

"드디어 만났네요."

미즈노 씨가 했던 대사를 이번에는 내가 한다.

작은아버지 쪽의 친척인 내가 쿠루미짱과 만난 걸 작은어머니는 달가워하지 않을지도 모른다.

작은아버지가 사라진 것의 몇 분의 1, 혹은 몇십 분의 1 정도는 나에게도 책임이 있다고 생각하고 있었다. 그런 식으로 생각하는 것 자체가 건방진 것일지 모르지만, 그 냄새를 눈치 챘으면서도, 할머니의 신호에 반응했으면서도 아무것도 할 수 없었던 게 못내 가슴 아팠다.

쿠루미짱을 만나고 싶었다. 내 멋대로의 속죄일까? 태어났을 때 산부인과에 가서 본 이후 줄곧 나의 귀여운 아이돌이었던 쿠루미짱. 건넬 수 없었던 내 옷들을 다른 누구에게도 물려주지 않고 쿠루미짱을 위해 모아 두었다. 언젠가 줄 수 있는 날이 오기를 기도하며.

"사에키 쿠루미 씨, 아무래도 내가 사촌언니인 것 같아요."

내 말에 쿠루미짱은 눈을 동그랗게 뜨고 양 볼에 홍조를 띠었다. 쿠루미짱 대신 이번에는 미즈노 씨가 잽싸게 달려갔다. 빨간 차양이 있는 그 레스토랑으로 가서, 우연히 상봉한 사촌 자매를 위해 가장 빨리 자리가 비는 날을 예약해 주었다.

2주 정도 남았다. 10월 31일, 오후 여섯 시. 레스토랑의 이름은 하라이라고 한다.

·········

약속 시간까지 아직 여유가 있다.

천천히 기다리면 된다, 그렇게 생각하면서도 허둥댄다. 안쪽 4인용 테이블에 앉아 입구 쪽을 상상하고 있다.

쿠루미짱과 둘이서 만날 수 있는 날이 오다니. 그 기쁨과 긴장과, 그리고 약간의 설렘. 조금 전에 들어온 두 젊은이에게서 그 냄새가 났다.

조심스레 그쪽 테이블을 바라보았다. 남매로 보이는 두 사람 중 동생인 듯한 여자가 밝은 표정을 짓고 있다. 그에 비해 오빠처럼 보이는 남자는 옆에 앉아 불안한 표정으로 끊임없이 몸을 움직인다. 테이블 위에 놓인 비디오카메라를 만졌다가 이내 손을 도로 가져갔다가, 다시 만졌다가 다시 손을 가져갔다가, 보다 못한 여자가 웃으면서 작은 목소리로 속삭인다.

두 사람에게서 눈을 돌려 가게 안을 둘러본다. 느낌이 좋은 가게다. 하지만 지금 실내장식을 즐길 만한 마음의 여유는 없다. 쿠루미짱, 무슨 얘기부터 할까? 쿠루미짱!

벽에 걸려 있는 접시 모양의 시계가 10분 전 여섯 시를 가리키고 있다. 주변을 둘러보며 헤매고 있던 내 시선 끝자락에서 뭔가가 움직였다. 남매처럼 보이는 두 사람 중 아마도 오빠인 것 같은 남자가 손을 들어 직원을 부른다. 가게의 여주인에게 뭔가를 말한다. 그의 몸에 흐르는 긴장감이 느껴진다. 옆자리의 여자가 그 모습을 지켜본다. 비디오를 손가락으로 가리키면서 가게 내부를 촬영해도 되는지 묻고 있는 것 같다. 혹시 독립영화를 만드는 카메라맨인가? 그럼 여동생이라고 생각했던 여자아이는 주연 여배우일까? 그렇다고 보기엔 너무나 자신감이 없어 보이는 카메라맨이다.

흐흐. 나도 모르게 웃음이 새어 나왔다. 어울리지 않는 재킷을 걸치고 저렇게 오들오들 떨다니. 그는 분명 이런 레스토랑에 익숙지 않은 거다. 힘내요, 라고 말하고 싶어질 정도다.

여주인은 부드러운 미소를 지으며 그에게 뭐라고 대답한 후 입구 쪽 테이블로 또 불려갔다. 그쪽 테이블에는 가족으로 보이는 한 그룹이 앉아 있다. 등을 보이고 앉아 있는 백발의 여성이 우아한 몸짓으로 여주인을 향해 말을 걸자, 그녀는 시계를 확인하고 조용히 고개를 끄덕였다.

"누군가가 부족해요."

그렇게 들은 것 같다. 잘못 들었을지도 모른다. 내 가슴속에만 들린 목소리인지도 모른다. 그렇다, 누군가가 부족하다. 언제나 그렇게 생각하며 살아왔다. 나에게는 중요한 누군가가 부족하다. 하지만 정말로 그럴까?

누군가가 부족하다.

그렇게 느낄 때의 외로움도, 두려움도, 아픔도, 어렴풋한 향수 속에 있다. 언젠가 함께 있었던 사람과, 언젠가 함께 있을 사람과 그 순간을 공유하고 있다.

좀처럼 예약하기 힘든 이 레스토랑에 소중한 누군가와 맛있는 음식을 먹고 싶어서 손님들이 찾아온다. 비어 있는 자리를 신경 쓰면서 앞으로 시작될 시간을 기대하고 있다.

벽시계를 올려다보며 조용히 심호흡을 했다. 나도 긴장하고 있다. 앞으로 5분 정도 남았다. 건너편 테이블에서 조심스레 비디오카메라를 돌리기 시작한다. 다른 테이블에서 글라스를 부딪

치는 경쾌한 소리가 난다. 주방에서 풍겨오는 향기로운 냄새가
실내에 감돌기 시작했다.

가능하면 실패보다는 성공의 냄새를 맡는 능력을 갖고 싶었
다. 그렇게 하면 내 인생도 좀 더 화려하게 채색됐을지 모른다.
할머니도 엄격한 사람이라고만 평가하지 않았을 것이다. 하지만
이걸로 충분하다는 생각이 든다. 지금, 나의 인생으로.

내 코는 분명 실패의 냄새를 맡을 수 있다. 주의를 기울여 숨
을 들이켜 보면, 지금 이곳에도 짙거나 옅거나 한 그 냄새가 소용
돌이치고 있음을 알 수 있다. 하지만 절망이 아니다. 그저 실패일
뿐이다. 아무리 큰 실패를 하고, 잃은 걸 되찾을 수 없을 것처럼
느껴져도 언젠가는 다시 돌아온다. 인생에서 내려가는 게 아니
다. 언제든 거기부터 다시 기어서라도 올라갈 수 있다. 올라가는
동안의 경치 또한 좋을 것 같은 기분이 든다.

누군가가 부족하다.

그렇게 생각되는 건 어쩌면 행복한 일이 아닐까? 부족한 누군
가를 기다릴 수 있는 거니까. 언젠가 빈자리가 채워질 날을 꿈꿀
수 있으니까.

아치 모양의 문이 열리고 누군가가 레스토랑 안으로 들어온

다. 사람들이 모두 기대하는 눈빛으로 천천히 뒤를 돌아본다. 누
군가의, 부족했던 누군가가, 지금, 나타난다.